PATRIZIA D'ERRICO

MARY JANE,
TU LO HAI MAI VISTO IL MARE?

Antefatto

Crollò.

Un'implosione improvvisa, imprevista, inspiegabile. Erano passati più di mille anni da quando quello scaffale era stato messo lì, altero e composto nel suo ruolo di mobile da biblioteca.

Quel giorno, l'8 giugno 3028, segnò la definitiva estinzione, almeno nella sua forma eretta, dell'ultimo scaffale dell'antica biblioteca del corso, ora nota semplicemente come biblioteca sotterranea. Su quel corpo disfatto si sarebbero potute vedere in controluce le impronte di tutte le mani che, nel prendere un libro, l'avevano sfiorato, vi si erano appoggiate un istante, esitando sulla decisione riguardo a quale volume estrarre dal suo zelante sostegno su cui, forse, qualcun altro aveva impresso, ignaro, l'orma di una carezza riconoscente. Era stato un piccolo palazzo di massello di legno chiaro, di Sheesham, cinque ripiani accoglienti come piccoli antri dove le parole dei libri respiravano silenziose il trascorrere del tempo. Ora, quel prezioso carico giaceva divelto e smembrato tra la polvere, le schegge di legno, il buio attonito che aveva appena finito d'ingoiare l'eco dello schianto.

Nel 3028 nelle vie si vedevano sfrecciare spazio-mobili e robot che accompagnavano i bambini alla scuola satellitare. Quello che rimaneva di alcune vecchie città si trovava nel sottosuolo a cui si accedeva solo attraversando una lunga e complicata serie di cunicoli sotterranei, bui e maleodoranti.

Della vecchia prestigiosa biblioteca rimanevano solo pochi libri, alcune carte geografiche, degli antichissimi CD rom, che giacevano nelle viscere degli scaffali, confusi tra le macerie di legno e polvere; mobili crollati già molto tempo prima che anche l'ultimo, come un soldato a cui avessero dimenticato di comunicare la notizia della disfatta, si schiantasse al suolo, sfinito dalla sua lunga eroica resistenza.

Nella Città di Sopra lo smottamento venne subito registrato dai rilevatori di attività sismica e vulcanica di cui era dotato il manto stradale. La centrale operativa adibita alla prevenzione dei disastri naturali individuò immediatamente il luogo preciso del boato e, per quanto l'allarme fosse di livello 1, fu inviata una squadra di robot a effettuare un sopralluogo.

L'esplorazione rivelò la scoperta di un sito archeologico risalente all'anno 2000\2010 circa. Le autorità della Città di Sopra non erano molto sensibili ai ritrovamenti storici, anzi, pensavano alla storia come a un inutile fardello nella vita dei cittadini: meglio vivere di presente o, al massimo, di futuro. Quella era la loro filosofia di vita e di governo.

Per sbarazzarsi della questione, decisero di chiedere alla SASCA, la scuola dei ragazzi superdotati, di assegnare a due tra i loro migliori allievi il compito di ripulire il sito e diventarne eventualmente custodi: era solo per prendere tempo e intanto decidere come gestire quella novità.

Furono scelti la cittadina Mary Jane e il cittadino Ilai, due quattordicenni dotati di un'intelligenza e una perizia informatica, meccanica, chimica, veramente fuori dal comune. I due ragazzini erano tenuti sotto osservazione attraverso l'affidamento di compiti che permettessero di studiarne le reazioni, per il fatto di essere gli ultimi due giovani in città ad avere una mamma e un papà veri, anche se non li avevano mai conosciuti.

Provenivano da un orfanotrofio distrutto da un incendio dieci anni prima: vi erano morti duecento bambini. A causa di una terribile guerra intergalattica, in quel tempo molti ragazzi avevano perduto i genitori ed erano stati ospitati da vari istituti; in quel conflitto che da poco si era concluso aveva perso la vita un numero altissimo di cittadini. Mary Jane e Ilai erano scampati all'incendio perché, al momento in cui era scoppiato, si trovavano all'esterno dell'edificio, a fare dei test attitudinali.

A quattro anni erano già in grado di leggere e risolvere semplici calcoli matematici.

La loro straordinaria intelligenza li aveva salvati. Dopo quell'episodio, la vita dei

cittadini era stata completamente riorganizzata in una precisa direzione: niente famiglie, niente figli, solo bambini nati in laboratorio. Tante altre regole erano state varate a garanzia della sicurezza e della sopravvivenza della razza umana.
Mary Jane e Ilai non conoscevano la storia della loro origine, e non era nota a nessuno l'identità dei genitori: le persone che si occupavano di loro erano concentrate solo sullo sviluppo delle loro argute menti. Nonostante fossero allievi della stessa scuola, i due non si erano mai parlati più a lungo di qualche minuto.
Il primo giorno che furono condotti alla grata, oltre la quale c'era la Città Sotterranea appena ritrovata, i ragazzi cominciarono a dialogare per davvero. Lì sotto divennero amici, cosa assolutamente insolita nel mondo della Città di Sopra.
Dopo dieci giorni di lavoro, di rimozione delle macerie con l'ausilio di robot manutentori, programmati per quel tipo di fatica, dopo aver svolto una scrupolosa azione di riconoscimento degli oggetti ritrovati, a cominciare dal loro nome e dalla funzione che avevano nel mondo da cui provenivano, notizie attinte dai loro archivi elettronici portatili, i due furono in grado di compilare un inventario dei reperti rinvenuti in un'area di circa 120 metri quadri.

Ecco cosa rinvennero:
- una biblioteca con circa cento libri in pessimo stato di conservazione;
- un luna park di cui rimaneva solo una giostra con cavalli e una macchina per lo zucchero filato;
- un cuscino rivestito di broccato.

Ogni giorno, alla fine delle lezioni, Mary Jane e Ilai si recavano alla grata che segnava il confine tra i due mondi. Quand'erano laggiù, facevano cose che nel Mondo di Sopra non erano né pensabili né desiderate: erano semplicemente sconosciute. I due ragazzi, in maniera del tutto naturale, avevano ripristinato degli antichi gesti come parlare, sorridere, provare emozioni. Il loro corpo rigido sembrava ammorbidirsi in quello strano luogo, la loro voce, resa monotona e fioca dallo scarsissimo uso che ne facevano, cominciò a ritrovare sfumature di colore mai immaginate. Divenivano sempre più simili a quegli antichi cittadini del duemila di cui stavano esplorando brandelli di mondo, ma non erano affatto coscienti della loro metamorfosi.

Ilai divenne appassionato lettore degli antichi libri della biblioteca sotterranea che avrebbe restaurato non appena avesse finito di studiare le antiche tecniche usate per tale scopo.

Mary Jane invece si dedicò a riparare la giostra dei cavalli e la macchina per lo zucchero filato: era sorprendentemente brava in meccanica e scienze affini.

Trascorsero così due mesi.

Ilai amava leggere le storie contenute nei libri della biblioteca nella Città Sotterranea. Se avesse potuto, avrebbe trascorso lì tutto il suo tempo, ma ovviamente non era possibile. La sua vera vita la doveva vivere nel Mondo di Sopra, a fare le cose che facevano tutti i ragazzini del tremila. Comunque, dopo essere stato nominato assieme a Mary Jane custode della Città Sotterranea, aveva un'ottima scusa per starsene in santa pace tra le macerie impolverate di quell'insediamento fantasma e, soprattutto, di quel che rimaneva della vecchia biblioteca.

Lui e Mary Jane discussero a lungo su quale fosse il loro compito: che fanno due custodi di una vecchia città? Non lo trovarono scritto, descritto, analizzato, da nessuna parte delle loro numerose risorse elettroniche, banche dati, archivi virtuali. Niente.

Alla fine decisero di consultare un vecchio dizionario etimologico, di cui rimanevano una cinquantina di pagine mezze scolorite. Che meraviglia quando finalmente lessero:

"... dal latino: custodire, derivato da custos, custode.

È una di quelle parole che ti fa capire la grazia della nostra lingua. Il custodire è un concetto complesso: è un insieme di vigilanza, assistenza e protezione. Il custode non è una guardia bruta. Il custode ha cura, preserva dai pericoli, provvede alle necessità.

Un'immagine del genere, nella lingua, non può che essere enormemente suggestiva: pensiamo alla custodia degli occhiali, protezione di un oggetto fragile e prezioso; pensiamo al custode della scuola, assistente vigile dell'istruzione; pensiamo al drago che custodisce immensi tesori nel cavo di un monte.

Il suono basso e grave, e insieme dolce e lieve di questa parola rivela la misura di una figura alta, poderosa, che cura una cosa con delicata attenzione e che è pronta a difenderla con gli artigli."

Adesso sapevano precisamente chi erano e quale fosse il loro compito.

La loro vita era così organizzata.

Ore 7.00: sveglia e doccia con dieci gocce d'acqua e gel detergente a base di Alchilbenzeni solfonati lineari (LAS) R– C_6H_4–SO_3Na.

Ore 8.00: colazione al distributore automatico presente in tutte le abitazioni. L'apparecchio erogava cibo tre volte al giorno: la mattina era di colore fucsia, il pomeriggio, alle 14.00 in punto, era invece verde e la sera, alle 20.00, aveva un colore marrone scuro. Dal lungo tubo di metallo terminante con un largo foro simile al collo di un antico grammofono, usciva, alle ore previste, una vaschetta di alluminio contenente quattro tranci del cibo descritto, da mandare giù senza farne avanzare neanche una briciola, in modo da assumere la giusta quantità dei nutrienti necessari a una corretta alimentazione. Dopo la vaschetta veniva fuori anche uno scroscio d'acqua, da raccogliere in un apposito contenitore di plexiglas speciale per vivande o da ingurgitare seduta stante, direttamente dall'erogatore.

Ore 8.30 - 13.30: lezioni alla Scuola di Alta Specializzazione Cibernetica Applicata, meglio conosciuta come SASCA.

Dopo pranzo i ragazzi erano liberi di svolgere il loro importantissimo compito alla Città Sotterranea.

Ogni giorno rimuovevano macerie, ripulivano da strati di polvere, un angolo alla volta, un oggetto o quel che ne rimaneva. Ilai si concentrava sulla vecchia biblioteca, Mary Jane faceva del suo meglio attrno agli oggetti del luna park situato proprio lì accanto. Dopo aver sistemato questi due luoghi avrebbero deciso come procedere con il resto che non avevano ancora visitato.

Era difficile avanzare al buio, sempre più profondo, man mano che s'inoltravano nella galleria. Quando si fermavano per riposarsi un po', sognavano che procedendo, chissà, si sarebbero aperti davanti ai loro occhi cunicoli, diramazioni secondarie, slarghi molto più ampi, come vascelli inghiottiti dal mare con i loro ventri opulenti di oro e ricchezze inimmaginabili. La loro fantasia apriva squarci in quel budello del quale, per il momento, avevano esplorato solo pochi metri, i più vicini alla luce della grata di accesso alla Città di Sopra.

Un giorno, Ilai stava ripulendo dei libri di fiabe. Alla SASCA avevano studiato le fiabe come letteratura minore; "espressione primitiva pretecnologica" era la denominazione precisa della materia di cui facevano parte anche le fiabe, per cui non ci perdeva tempo nessuno della Città di Sopra. Ilai era invece affascinato da quelle immagini di mostri, streghe, orchi, principesse, e quando vide quel drago enorme con la bocca spalancata che sputava fuoco, ritto in un'altezza amplificata dal contrasto con le piccole dimensioni delle creature a cui la sua ira infuocata sembrava essere diretta, divenne un lettore avido e instancabile di quella letteratura.

Letteratura minore! Se lo avessero saputo i suoi professori lo avrebbero mandato a rifare i test attitudinali: con la SASCA non si scherzava, era una scuola che selezionava le eccellenze, le menti più acute tra i cittadini della Città di Sopra. Gli altri ragazzi, meno dotati, dopo un breve corso di istruzione minima orientata alla sopravvivenza, erano destinati a svolgere incarichi di semplice manutenzione del complesso sistema cibernetico industriale, che permetteva la vita dei cittadini della Città di Sopra e di tante altre città simili disseminate nel vecchio pianeta Terra.

Fiabe! Ilai si rannicchiò in un angolo, dove aveva ritrovato un cuscino di broccato tutto consunto, scucito e quasi divorato dal tempo, ma con un avanzo di morbidezza che, dal giorno dell'incontro con il drago, accolse Ilai e la sua voglia di storie fantastiche, inconfessabile come un peccato mortale inventato da quel mondo, qualcosa di difficile da definire che potrebbe essere descritto, vagamente, come la colpa di essere bambini.

Nemmeno Mary Jane, occupata a ripulire i cavalli della grande giostra al centro del luna park, sapeva di questa insolita passione di Ilai. Era una cosa tra lui, il drago e il cuscino di broccato.

Quando poi lesse quella fiaba, Ilai si alzò di corsa dal suo cuscino che in un passato lontano doveva essere stato lussuoso e si alzò, urlando “Mary Jane!”.

La ragazza non doveva essere molto lontana, a giudicare dal rumore della scopa a velocità variabile alimentata a ossigeno azotato, che lei usava per rimuovere la polvere e lo strato appiccicoso del tempo dalle chiome dipinte di quei cavalli congelati nel fermo immagine di un galoppo sfrenato. “Mary Jane!” urlava Ilai con quella notizia che gli bruciava nel cuore, che non riusciva a trettenere nel suo corpo magro avviluppato nella solita tuta scolastica indossata ogni santo giorno…

“Mary Jane!”

... e di cui bisognava essere fieri perché significava essere studenti della SASCA…

“Mary Jane!”

... una tuta grigio nera in nylon antistrappo rivestita di neoprene e altri tessuti come Kevlar, il Gore-Tex e il Nomex...

“Mary Jane, spegni la scopa!”

... ormai la vedeva, anche lei con la stessa tuta e la mascherina per proteggersi dalla polvere.

“Mary Jane, vieni, devi leggere una cosa” disse, con l’ultima aria che aveva in gola.

Lei lo seguì.

Era uno strano libro, un testo teatrale che forse i bambini di tanti secoli prima avevano interpretato in una recita scolastica. Puntarono gli sguardi sulla carta. Quel cuscino era un po’ stretto per due, ma non ci fecero caso, perché, dopo aver letto le prime parole di quella storia, erano già altrove, in un mondo parallelo in cui nemmeno la macchina del tempo avrebbe potuto teletrasportarli.

Ci sarebbe voluto qualcosa di più sofisticato.

Per esempio, la fantasia.

Anno 2000

Le fiabe disoccupate

In un tempo talmente vicino che sembra ieri, la Terra era governata da Sua Maestà la Modernità. Era una regina molto intelligente, sapeva inventare e costruire tantissimi oggetti capaci di fare cose strabilianti come volare, far sentire la voce di due persone lontane tra loro, mettere tutto il sapere accumulato dagli uomini in mille e mille anni dentro uno schermo un po' più grande di un francobollo, volare sulla Luna e così via. Insomma, tutta la magia delle fiabe con i bambini volanti come Peter, con i rospi che in realtà erano principi, con la polvere delle streghe capace di far impazzire o innamorare, con i maghi e i loro libroni dell'Antico Sapere, era stata sostituita da lei, da quella regina che i grandi chiamavano Tecnologia, Progresso o, semplicemente, Modernità. Nel mondo governato da Sua Maestà la Modernità, vivevano anche orchi, imbroglioni e cattivi re, al cui confronto quelli delle fiabe facevano sorridere. Come se non bastasse, era un mondo dove nascevano pochi bambini ma ne morivano tanti, perché erano più poveri di Hansel e Gretel, oppure ci pensava la Strega Guerra a portarseli via.

Per finire, i boschi e le foreste descritti nelle fiabe erano quasi scomparsi dal pianeta Terra, tanto che a nominarli qualcuno cominciava a non capire di cosa si stesse parlando.

Le fiabe allora se ne tornarono nel loro mondo, la città delle fiabe, appunto, perché sul pianeta Terra erano rimaste disoccupate; nessuno chiedeva più di sentire le loro storie, a nessuno interessava più vederle illustrate sui libri. Erano convinte, però, che gli esseri umani, sentendo la loro nostalgia, prima o poi le avrebbero pregate di ritornare.

Poi, un brutto giorno, venne emanato quel decreto…

Ma questa è una lunga storia, e se proprio vuoi conoscerla dovrai leggere il racconto che segue.

Mettiti comodo!

Nella città delle fiabe

Fatina: «Pinocchio, allora?».

Pinocchio: «Niente».

Fatina: «Niente? Non essere triste, riprova domani, vedrai: prima o poi riuscirai a trovare lavoro, sono sicura che ci sono ancora tanti bambini a cui piacerebbe ascoltare la tua storia. Ha telefonato la Bella Addormentata, viene a cena da noi stasera. Soffre d'insonnia, poverina, non riesce più a farsi le belle dormite di una volta. A proposito, e il Principe Azzurro?».

Pinocchio: «Quello poi… non me lo nominare».

Fatina: «Non telefona mai, vero?».

Pinocchio: «No. Mai».

Fatina: «Ha venduto il castello, lo sapevi?».

Pinocchio: «Sì, è tutto chiuso».

Cappuccetto Rosso: «Buongiorno!».

Fatina: «Cappuccetto Rosso! Da dove vieni? Entra, entra…».

Cappuccetto Rosso: «Sono andata a portare qualcosa da mangiare a quel povero Lupo, mi fa una pena. Da quando è disoccupato dimentica persino di mangiare. Ha telefonato Peter, per caso?».

Fatina: «No, forse verrà più tardi. Anche lui non sta molto bene. Quei mostri volanti sono la sua ossessione: AEREI, mi pare si chiamino. Si allena notte e giorno perché è convinto che se non riuscirà a volare più veloce di loro non avrà mai più un lavoro. Anche se i bambini moderni sono abituati a vedere quei cosi che volano, un bambino volante come Peter è tutta un'altra magia. Povero Peter».

Pinocchio: «Sua Maestà la Modernità ne ha combinata un'altra delle sue».
Fatina: «Fai sentire. Leggi ad alta voce. A te la disoccupazione ha fatto bene, in fin dei conti. Non avendo altro da fare, hai finalmente imparato a leggere».
Pinocchio: «Leggo?».
Fatina: «Sì. Ad alta voce».
Pinocchio: «"Sua Maestà la Modernità, signora e padrona del pianeta Terra ha emanato un decreto con attuazione immediata. È severamente e per sempre proibito: leggere, comporre o diffondere fiabe, filastrocche, poesie e sciocchezze del genere. Chiunque conservasse ancora in casa tal genere di letteratura, dovrà immediatamente e pubblicamente distruggerla. C'è scritto proprio così: "Sciocchezze del genere". Poi continua: "Eroi, poeti e scrittori di fiabe ancora presenti sul pianeta, dovranno abbandonarlo entro l'alba di domani. Le punizioni previste per chi non ubbidirà al divieto saranno pesantissime e verranno rese note nel prossimo bollettino"».
Fatina: «Ma è terribile! Andate a chiamare il Grillo Parlante. Non le è bastato che ce ne andassimo noi, vecchi abitanti di piccole storie. Ora vuole distruggere anche i semi, oltre agli alberi. Oh, questa Modernità… Dobbiamo prepararci, arriveranno tanti scrittori e poeti qui da noi a cercare rifugio». Cappuccetto Rosso: «Ma come faranno ad arrivare fin qui? Questo luogo non è mica sulle carte geografiche».
Fatina: «Mentre Pinocchio leggeva ho pensato come fare. Andranno a prenderli il Gatto con gli stivali e Pollicino, con gli stivali delle sette leghe. Chiunque lo vorrà sarà nostro ospite. Coraggio, muoviamoci».
Pinocchio: «Se lo dici tu. Vado a chiamare quel piantagrane».
Fatina: «Pinocchio! Un po' di rispetto per quell'anziano Grillo!».
(Squilla il telefono)
Pinocchio: «Pronto? Robin sei tu? Capiti proprio al momento giusto, vieni subito. Sta succedendo qualcosa di terribile». *(Rivolgendosi agli altri)* «Robin Hood… sta arrivando.»

Intanto, nel mondo degli esseri umani…

Strillone: «Edizione straordinaria! Edizione straordinaria! Sua Maestà la Modernità ha bandito dal suo regno eroi, poeti e scrittori di fiabe, che devono lasciare il pianeta entro l'alba di domani. Le pene previste per i trasgressori saranno pesantissime. Edizione straordinaria! Edizione straordinaria!».

Il poeta

Narratori: «Il mattino seguente la Fatina trovò un uomo alle porte della città. I vestiti e le scarpe pieni di polvere, gli occhi arrossati attorno a uno sguardo spaventato, facevano pensare che avesse viaggiato molto e dormito molto poco da un bel po' di giorni».

Fatina: «Chi sei tu?».
Poeta: «Sono un poeta. Dove mi trovo?».
Fatina: «Nella città delle fiabe. Non capisco come hai fatto a trovarci, ma poco importa. Adesso sei al sicuro. Tra poco arriveranno molti tuoi colleghi, così forse ti sentirai più a tuo agio».
Poeta: «Ma allora esiste davvero, la mitica città delle fiabe…».
Fatina: «Sono la Fata Turchina, non ti ricordi più di me?».
Poeta: «Certo, scusami, è che non ti vedevo da tanto tempo. Adesso vado, felice di averti rivista».
Fatina: «No, aspetta. Tra poco ci sarà una riunione molto importante. Fermati. Partecipa anche tu. Forse potrai aiutarci a capire».
Poeta: «Non so di cosa tu stia parlando. Lasciami andare, ti prego, sono toppo stanco per capire, per pensare».
Fatina: «Vieni, andiamo a casa mia. Prima che cominci la riunione potrai riposare un po'. Sua Maestà la Modernità ti ha conciato proprio bene».

La riunione

Grillo: «Dichiaro ufficialmente aperta la riunione. Chi vuole cominciare?».

Fatina: «Col vostro permesso, comincio io. Signori, siamo qui riuniti perché non possiamo più stare a guardare il pianeta Terra morire, stritolato dalla voracità di Sua Maestà la Modernità e dalla sua corte: Sua Ignoranza Beata, l'Illustrissimo Egoismo e insomma, li conoscete, non c'è bisogno che ve li elenchi tutti. Noi siamo stati scacciati e umiliati ma, come si dice, i veri amici si aiutano nel momento del bisogno».

Robin: «Ma quali amici e amici! Gli esseri umani sono troppo egoisti e stupidi per sapere cos'è un amico!».

Tutti: «Giusto! Ben detto!».

Grillo: «Signori, signori! Vi prego. Il momento è drammatico. Lasciate che vi dica cosa penso. È da molto tempo che non parlo. Lo sapete, la saggezza non è mai andata molto di moda, né in questo mondo né in quell'altro. Venite più vicini. La mia vista non è più tanto buona e io ho bisogno di guardare i vostri occhi. Ecco. Sì, così. Dunque… Secondo voi perché non c'è più posto per noi nel mondo degli esseri umani?».

Pinocchio: «Secondo me, oggi, il mondo degli esseri umani è pieno di gente come il Gatto e La Volpe. Furbi e imbroglioni che se ne vanno in giro in giacca e cravatta e godono del rispetto di tutti.

Per non parlare dei burattinai come Mangiafuoco. Ce ne sono ovunque sul pianeta Terra, sono tiranni che governano milioni e milioni di persone, aggrovigliate dentro fili invisibili: la paura, l'ignoranza, l'odio, l'obbedienza cieca. I nostri "cattivi", al loro confronto, non spaventano nemmeno i bambini».

Grillo: «E tu, Peter? Cosa ne pensi?».

Peter: «Cosa vuoi che ti dica Grillo, muoiono così tanti bambini nel mondo degli esseri umani: di fame, di guerra, di malattie, di povertà. Ce ne sono sempre di meno. Forse per questo nessuno ha sentito il bisogno di fare una sommossa per farci ritornare».

Grillo: «Robin Hood, e tu?»

Robin: «Sherwood adesso è una grande autostrada. Io e i miei amici non potevamo certo nasconderci dietro le auto in sosta all'autogrill. Ci sono sempre meno boschi e alberi sul pianeta Terra. Ce ne siamo andati. Non c'è più posto per noi Grillo, questa è la verità. Il mondo che aveva bisogno di noi non esiste più».

Grillo: «Fatina».

Fatina: «C'è un poeta, Grillo. L'ho trovato sfinito alle porte della città. Vorrei sentire prima lui».

Grillo: «Bene. Benvenuto. Parlaci di te».

Poeta: «Io sono un poeta, o forse farei meglio a dire, ero un poeta».

Grillo: «Ciò che sei puoi saperlo solo tu».

Poeta: «Diciamo che non so più molto bene cosa sono e faccio fatica a credere che voi siate quello che sembrate. Comunque. Non mi meraviglio più di niente. Vi chiedo solo di concedermi ospitalità mentre cerco una sistemazione».

Grillo: «Puoi rimanere quanto vuoi».

Fatina: «Grillo, io credo sia necessario fare qualcosa. Un tempo eravamo così bravi: incantesimi, filtri e sortilegi erano pane quotidiano per noi. Non possiamo rinunciare a lottare».

Orco: «Senti Fatina, tu parli bene, ma questa guerra non è la nostra guerra. Noi, la nostra, l'abbiamo già persa. Gli esseri umani hanno scelto. Bene: ne paghino le conseguenze. Hanno voluto Sua Maestà la Modernità, quindi se la meritano, per me se li può mangiare tutti in un sol boccone!».

Fatina: «Cioè come facevi tu quando mangiavi i bambini».

Orco: «Adesso non li mangio più! E poi questo è un colpo basso: cosa c'entra? Non è il mio passato in discussione in questa assemblea».

Lupo: «Giusto! Andiamocene Orco, stiamo perdendo il nostro tempo».

Fatina: «Lupo, aspetta!».

Strega: «Mi avete proprio stancata, sono tentata di trasformarvi tutti in rospi, ma sono troppo triste e per essere cattivi ci vuole una certa energia. Lasciateli perdere, gli esseri umani intendo, sono più cattivi e malvagi di me...».

Fatina: «È proprio questo il punto».

Orco: «Quale sarebbe questo punto? Sentiamo, signori!».

Grillo: «Signori… signori… ordine!».

Fatina: «Il punto è che adesso stiamo soffrendo e questo ci sta trasformando. Pinocchio ha imparato a leggere. Orco non mangia più i bambini. La Strega non riesce più a creare perfidi filtri e malefici incantesimi e così via. Anche gli esseri umani stanno soffrendo, anche se sembrano felici. Dobbiamo aiutarli a capire e a cambiare».

Orco: «Solo tu non cambi mai, sei sempre la solita chiacchierona. Di grazia: vorresti concludere?».

Tutti: «Giusto! Giusto!».

Fatina: «Concludo, concludo. Abbiamo trovato un lavoro e non ce ne siamo nemmeno accorti».

Tutti: «Cosa?».

Fatina: «C'è una fiaba che ha bisogno di noi per scrivere il suo finale e un nuovo inizio. Sul pianeta Terra un re geniale ma spietato tiene sotto il suo potente incantesimo un numero inimmaginabile di sudditi. Nel suo regno muoiono più bambini di quanti ne abbia mangiati tu in tutta la tua carriera, Orco. Altro che rospi e principi, Strega. I suoi sudditi sono diventati quasi tutti robot, tutti robot terribilmente uguali. Le nonne, Lupo, questi robot non le mangiano, le seppelliscono vive, e i nipoti, Cappuccetto, non si sognano nemmeno di andarle a trovare».

Orco: «Cioè, vorresti dire che questa mostriciattola di Sua Maestà la Modernità è più cattiva di me?».

Fatina: «Sì».

Lupo: «E più spietata di me!».

Fatina: «Sì».

Strega: «E più potente di me?».

Fatina: «Peter, Robin, Cappuccetto, voi la volete combattere questa guerra?».

Peter: «Io sono troppo piccolo».

Robin: «Io sono troppo solo».

Cappuccetto: «Non saprei, mi sembra una cosa impossibile…».

Fatina: «Per vincere questa terribile guerra non basta la forza, ci vogliono anche astuzia, fantasia, amore. Insomma, c'è bisogno di tutti noi».

Tutti: «Grillo, facciamo un piano!».

Narratori: «Cosa trameranno? Quando e come colpiranno?».

«Intanto, alla corte di Sua Maestà La Modernità…»

Sua maestà: «Avanti. Ah, sei tu, Illustrissimo Egoismo, cosa c'è?».

I.E.: «Maestà! Ho urgente bisogno di parlare con voi».

Sua Maestà: «Non ho tempo adesso, mandami un fax».

I.E.: «Maestà… sono tornati».

S.M.: «Chi?».

I.E.: «Loro. Quelli delle fiabe».

S.M.: «Ancora con questa stupida storia. Sparisci e vai a lavorare. Le tue milizie si stanno rammollendo: Arroganza, Vendetta, Intolleranza, sono eserciti in ferie da quando il loro capo va in giro a cercare fantasmi».

I.E.: «Non sono io che li cerco, Maestà. È un mese ormai che vedo troppi strani eventi e poco fa… li ho visti con vostro figlio Tecno».

S.M.: «Adesso basta! Non nominare mio figlio Tecno. Nessuno oserebbe toccarlo. Lo sai, nessuno sopravviverebbe alla mia vendetta se dovesse accadergli qualcosa. E adesso sparisci perché ne ho veramente abbastanza».

I.E.: «Maestà…».

S.M.: «Vai!».

(Dopo un po' suonano di nuovo alla porta)

S.M.: «Chi è? Ah, Sua Ignoranza Beata, capiti proprio a proposito. Intendo affidarti un'importante missione. Perché mi guardi in quel modo?».

S.I.B.: «Maestà, non lo sentite anche voi?».

S.M.: «Cosa?».

S.I.B.: «Questo profumo. Mi ricorda la mia infanzia, mi turba. Insomma, io sono ignorante, non conosco il nome di tutte le cose, ma quest'odore…».

S.M.: «Continua, cosa stavi dicendo?».

S.I.B.: «Da qualche settimana incontro strana gente per strada; sono vestiti come tutti e hanno il loro corredo elettronico e mascherina antismog ma...».

S.M.: «Ma?».

S.I.B.: «Occhi, Maestà, occhi così non ne vedevo da tanto tempo».

S.M.: «Sei uno stupido ignorante in cerca di gloria. Cerchi d'impressionarmi con i tuoi discorsi fumosi perché vuoi ottenere qualcosa, vero? Vai via e non guardare più la gente negli occhi: gli occhi rapiscono e confondono, lo sai. Guarda in alto, nel vuoto. Tu hai una missione, non puoi permetterti distrazioni».

S.I.B.: «Qual è la mia missione, Maestà? Lo ignoro o forse me ne sono dimenticato».

S.M.: «Sei proprio un ignorante, ma a me vai benissimo così. Infatti, sei il direttore di tutte le reti televisive del mio regno. Questa è la tua missione: fare, inventare e allestire trasmissioni cretine. La cultura e l'informazione, anche grazie a te, sono state quasi completamente debellate. Sei stato bravo. Ma ora vai, ho veramente molto da fare».

S.I.B.: «E l'importante missione che intendevate affidarmi?».

(La porta si spalanca all'improvviso ed entrano due guardie)

Due guardie: «Maestà! Maestà! Tecno è scomparso. Abbiamo motivo di credere che sia stato rapito».

Nel mondo delle fiabe

Fatina: «Tecno, non aver paura. Tra poco ti riporteremo a casa. Vogliamo solo che ci ascolti un momento. Tanto tempo fa, i bambini diventavano forti e coraggiosi ascoltando le fiabe, meravigliose storie di eroi ed eroine, fate e cavalieri, ma anche di orchi e streghe perché la vita non è fatta di un solo colore. Bisogna conoscere dove conducono il Bene e il Male, così possiamo scegliere ogni volta che se ne presenta la necessità. È troppo difficile questo discorso, Tecno?».

Tecno: «Un po'. Io non ho mai pensato a queste cose che stai dicendo tu. A me basta chattare con gli amici, giocare ai videogiochi, e sai, con quelli puoi giocare anche da solo. Mi basta avere bei vestiti, essere figo. Questo è bene. Altrimenti ti prendono in giro, sei uno sfigato. E io non voglio essere escluso».

Fatina: «Tecno, sai chi è un eroe?».

Tecno: «No, chi è?».

Fatina: «Posso raccontarti la storia di un eroe?».

Tecno: «Va bene, se vuoi ti presto il mio I-Phone. Qui dentro c'è tutto, sicuramente anche la tua storia».

Fatina: «No, grazie, preferisco raccontartela guardandoti negli occhi. Posso?».

Tecno: «Bene, mi collego ai tuoi occhi allora, ah ah!».

Fatina: «Sei molto simpatico. Allora. C'era una volta un bambino che si chiamava Pollicino. Un giorno…».

La Fatina raccontava, raccontava, e Tecno ascoltava, collegato ai suoi occhi.

Fatina: «Secondo te chi è l'eroe di questa fiaba, cioè il personaggio che ha risolto un grande problema?».

Tecno: «Pollicino».

Fatina: «Cioè?».

Tecno: «Un bimbo insignificante! Wow, uno così che diventa eroe. Mai sentito. Ne sai un'altra?».

Fatina: «Certo. Adesso ti racconto quella di un rospo che s'innamora di una principessa».

Tecno: «Ho capito: un altro tipo messo male».

Il bambino si accomodò meglio sugli enormi cuscini colorati della "Stanza per raccontare", situata proprio al centro della Città delle fiabe, che assomigliava molto a un villaggio apparentemente tranquillo e spopolato ma in alcune ore del giorno era quasi impossibile camminare per le strade lastricate di specchietti che riverberavano la luce del sole. Tutto diventava incredibilmente caldo e luminoso, mentre una miriade di colorati personaggi si incontrava, scontrava, distribuendosi sonore pacche sulle spalle o ridendo a squarciagola di chissà quale trovata dell'uno per far divertire l'altro: un vero caos primigenio in cui quelle bizzarre creature sembravano trovarsi felicemente a loro agio. Le case erano basse costruzioni delle più strane forme: a cappello, ad imbuto, ce n'era una persino a forma di grammofono e gli abitanti, minuscoli gnomini provenienti dal bosco vicino, facevano girare un vecchio disco usandolo come una sorta di tapis roulant.

"La Stanza per raccontare" era un'enorme teca rettangolare, trasparente; da lì si poteva vedere la vita di fuori e mescolarla con l'immaginazione di dentro. Era così che, da tempo immemore, nascevano e poi si raccontavano, per non dimenticarle, le storie inventate per consolare e far crescere i bambini: le fiabe.

Fatina: «E conosci quella della Bella e la Bestia?».

Tecno: «No. Su, racconta. Anche quest'eroe non se la passava tanto bene?».

Fatina: «Sì, però poi ha conquistato il cuore della sua amata».

Alla fine del racconto Tecno sembrava assorto.

Tecno: «Fatina…».

Fatina: «Che c'è Tecno, mi sembri turbato. A cosa stai pensando?».

Tecno: «Anch'io sono un principe, figlio di Sua Maestà la Modernità, però a volte mi sento come quel rospetto o come la Bestia».

Fatina: «Che vuoi dire? Non capisco, tu sei così carino».

Tecno: «Davvero? Sai mantenere un segreto segretissimo?».

Fatina: «Certo!».

Tecno: «I miei amici non osano prendermi in giro perché sono il figlio del re, ma io lo so cosa pensano davvero. Che sono bassino, foruncoloso, brutto. E ogni tanto balbetto, come se non bastasse. Anche mio padre forse si vergogna di me, gli piacerebbe un figlio più sveglio. Non ho nemmeno una fidanzata, a nove anni!».

Fatina: «Quando ti senti così, pensa a Pollicino. Tutto ciò che gli mancava in altezza gli abbondava in intelligenza. E il principe Ranocchio, poi? E la Bestia di cui Bella s'innamora? Un giorno incontrerai anche tu una principessa che vedrà la tua vera bellezza, e tu allora ti guarderai con i suoi occhi e finalmente scoprirai di essere unico, specialissimo».

Continuarono così tutto il pomeriggio: tra fiabe, confidenze segretissime e montagne di gelato, tanto nella città delle fiabe l'aria era piena di bollicine che aiutavano la digestione.

Infine, giunse il momento di separarsi.

Fatina: «Adesso tornerai a casa e non ricorderai nulla di questo nostro incontro, avrai solo voglia di ascoltare una fiaba. Non ti preoccupare, anche se non dovessi sentirti molto bene, non ti accadrà niente di male. Te lo prometto. Ciao Tecno. E grazie».

Tecno: «Ciao Fatina, ti lascio il mio I-Pad, io ne ho molti altri. Metti le tue storie in rete, sono fortissime, magari potresti metter su un blog. Insomma, vedi tu… è un peccato che queste belle storie le conosca solo tu».

Fatina: «Grazie Tecno, magari un giorno ci rivedremo e mi insegnerai, ho proprio voglia di imparare come funziona questo aggeggio. Adesso vai, tuo padre sarà preoccupatissimo. Vai!».

Narratori

Intanto, alla corte di Sua Maestà La Modernità...

Tecno: «Papà! Papà!».

Sua Maestà: «Tecno, ma dove sei stato? Mi hai fatto spaventare moltissimo».

Tecno: «Ma no, ho fatto solo un giretto con il triciclo turbo che mi hai regalato. Papà, mi racconteresti una fiaba?».

S.M.: «Cosa hai detto? Chi ti ha insegnato questa parola? Sono stati loro, vero? Parla, dimmi la verità, dove si sono rifugiati? Li voglio sterminare uno ad uno, con le mie stesse mani!».

Tecno: «Papà…». *(Sviene)*

S.M.: «Tecno! Cosa ti hanno fatto?».

Le guardie corrono ad aiutarlo ed escono tutti di scena.

A colloquio con i medici

Sua Maestà: «Allora? Cos'ha mio figlio?».

I° medico: «È grave, Maestà».

S.M.: «Cosa volete dire? Tutta la scienza di questo stupido pianeta non è in grado di salvarlo?».

II° medico: «No, Maestà. Siamo desolati, Maestà».

S.M.: «Siete un branco di idioti. Sapete almeno che cos'ha?».

I° medico: «Certo, Maestà. Sappiamo cosa gli è successo».

S.M.: «E cosa aspettate a dirmelo?».

II° medico: «Vostro figlio, Maestà, ha la bambinite, una malattia molto antica che credevamo ormai scomparsa…».

S.M.: «E non c'è rimedio?».

I° medico: «Sì. Ma…».

S.M.: «Cosa? Qualunque cosa, anche se si trovasse in fondo all'Universo, ditemi subito di cosa ha bisogno».

II° medico: «Fiabe, Maestà. Non ci sono altri rimedi per curare il cuore di un bambino affetto da bambinite».

S.M.: «Fiabe?»

I° medico: «Solo le fiabe, Maestà. Sono le uniche che producono gli anticorpi dei desideri e della speranza».

S.M.: «Lasciatemi solo, ora. Andate via».

Sua Maestà la Modernità si rivolge a un punto indefinito nel vuoto.

S.M.: «Lo so che potete sentirmi. Per favore, parliamo. Ho bisogno di voi».

Appaiono in un baleno la Fatina, il Grillo Parlante e tutte le altre creature delle fiabe.

Fatina: «Eccoci, siamo qui».

S.M.: «Ciao Fatina, non ti trovo per niente cambiata».

Fatina: «Tu sì invece. Lo smog ti ha reso un po' più grigio, ma gli occhi sono sempre gli stessi, acuti e brillanti».

S.M.: «Mio figlio sta morendo, ha la bambinite e io non ricordo nemmeno una fiaba per poterlo aiutare. Vi prego, raccontatemene qualcuna. Vi darò qualunque cosa in cambio».

Grillo: «Ora conosci la paura, l'impotenza. Che sapore hanno?».

S.M.: «Terribile. Si chiama così quello che sento?».

Fatina: «Sì. Adesso puoi governare, adesso sai che prima di essere un re sei un padre. Non te lo dimenticare».

Tecno: «Papà!».

S.M.: «Tecno! Come ti senti?».

Tecno: «Benissimo. Ho fatto un sogno strano, c'erano fate, grilli. Oh, ma tu sei in riunione. Io vado pà, ci vediamo dopo».

S.M.: «Grazie, davvero grazie... Cosa vi devo?».

Grillo: «Niente. Abbiamo già ottenuto quello che volevamo».

S.M.: «Aspettate. Vorrei che tornaste. Grillo, ho proprio bisogno di ripristinare il Ministero della Cultura e dell'Informazione onesta, e io non conosco nessuno più onesto di te. E tu, Fatina, per favore resta e aiutami a non dimenticare. E tu Pinocchio, insieme a Cappuccetto, Pollicino, Hansel e Gretel, tornate a giocare con mio figlio e con gli altri bambini del regno. Sono sicuro che vi divertirete molto assieme. Tornate tutti, vi prego… adesso che vi ho rivisti, ho capito che mi siete mancati».

Narratori

«"Adesso che vi ho rivisti, ho capito che mi siete mancati". Ma ti pare possibile che sia tanto cambiato?»

«Si è preso un bello spavento.»

«Farà presto a dimenticare.»

«La Fatina lo aiuterà a ricordare.»

«Ti pare possibile questo futuro? E quando comincerà?»

«Certo che è un futuro possibile, ed è già cominciato.»

***

«Sono antiche fiabe…» disse Mary Jane che stava vicinissima a Ilai, come se staccarsi dal cuscino avrebbe potuto estrometterla da quel mondo appena scoperto.

«Ti rendi conto, Mary Jane? Se lo sapesse il Grande Rettore che leggiamo questa che lui chiama letteratura inferiore…»

«Non farmici pensare, sarebbero guai. Ma capisci cosa abbiamo scoperto?»

«Vecchie fiabe, sì. Che belle però…»

«Non hai capito Ilai, abbiamo scoperto molto di più.»

«Che cosa?»

«Ma come sei riuscito ad entrare alla SASCA?» pronunciò la ragazzina con il suo solito ghigno, ma subito se ne pentì guardando gli occhi azzurri dell'amico. Se il cielo sotto cui vivevano non fosse stato ricoperto da una spessa coltre di smog che lo rendeva irrimediabilmente grigio; se il mare che loro non avevano mai visto perché completamente evaporato nel corso di una apocalittica ondata di caldo accaduta un centinaio di anni prima; se, ma solo se, Mary Jane li avesse mai visti il cielo e il mare di quell'azzurro fresco dopo la pioggia o nei pomeriggi lucidi di settembre, forse avrebbe pensato che gli occhi di Ilai fossero dello stesso colore.
«Abbiamo scoperto come è cambiato il mondo dal duemila ad oggi. Abbiamo forse compreso perché. Noi siamo destinati a estinguerci perché stiamo sbagliando qualcosa. Sono mille anni che sbagliamo, o forse anche di più.»
«Ma che dici, Mary Jane, che cosa stiamo sbagliando?»
«È solo questione di tempo e poi questa pallina su cui giriamo come pazzi esploderà e ci vomiterà tutti nello spazio sconfinato.»
«Mary Jane, ho paura. Io non voglio morire.»
«Neanch'io, almeno non prima di aver sistemato questa città sotterranea.»
«E che la sistemiamo a fare se dobbiamo diventare vomito della Terra?»
«Giusto. Una volta tanto hai ragione...» non riusciva proprio a fare a meno di prenderlo un po' in giro.
«Che facciamo?»
«Non lo so, ci devo pensare» disse Mary Jane, alzandosi.
«Dai, raccogliamo i nostri attrezzi e andiamo. È ora di cena, se non apriamo l'erogatore la polizia verrà a cercarci.»
«Sì, così gli raccontiamo una fiaba.»
«Muoviti, quelli non capiscono niente, figurati le fiabe.»
«Domani ne leggiamo un'altra. Ce ne sono dieci su questo libro, le ho contate.»
«Ascolta, Ilai, questa è una cosa pericolosa, te la senti davvero di correre il rischio di continuare a leggere quel libro?»
«Io sì. Tu?»

«Dai, ragazzino, andiamo» concluse lei, con l’aria di chi la sapeva lunghissima su queste cose.

Capitolo II

La libertà e il mare

Il giorno dopo si ritrovarono a scuola. Era un edificio altissimo, imponente, di 126 piani. A guardare in su, verso la cima, metteva paura. La loro classe si trovava al 94esimo piano di quel mostruoso grattacielo dipinto dei due unici colori usati in città: nero e grigio.

La classe era una stanza con venti banchi dotati di computer, dieci per ogni lato, con un corridoio centrale vuoto, attraversato a volte dal ronzio dei robot che portavano su di un carrello di vetro smerigliato dei cilindri trasparenti, attraversati da satelliti neri simili a preistorici dischi in vinile. Erano dispositivi touch-screen contenenti memorie e archivi di tutte le materie e di tutte le informazioni a disposizione. Una sorta di enciclopedia universale, ma multimediale e infallibile; non vi era nessun pensiero o teoria, per quanto bislacca, che fosse passata nella mente di qualche pensatore, che non si trovasse lì archiviata e opportunamente linkata.

Le postazioni erano dotate di una sedia di fronte alla quale lo schermo scendeva, ad altezza occhi, attaccato a un tubo di metallo come il lungo collo arcuato di un cigno; la sedia ergonomica era dotata di braccioli antistress adatti per lunghe giornate di studio. Sembrava la poltrona di un antico dentista con la luce che si diffondeva dall'alto. Dal soffitto, dai muri grigi e puliti, sembrava emanare direttamente la voce di maestri invisibili che pronunciavano ogni giorno la loro formula sull'importanza della SASCA e sul privilegio di farne parte; cosa che accadeva a orari fissi, dopodichè calava il silenzio più fitto, scandito solo dal ronzio delle apparecchiature e dal fruscio dei robot che scivolavano sulle loro rotelline ben oliate. Anche l'interno, oltre all'esterno dell'edificio, era rigorosamente in nero e grigio.

Altri colori, pochi, erano usati solo nelle occasioni descritte a pagina 25 del grande libro delle Regole di Cittadinanza, che chissà perché chiamavano "libro", visto che era disponibile solo in versione elettronica. Forse perché era stato redatto, almeno nella sua primitiva forma, due o trecento anni prima, epoca in cui la versione cartacea del libro era definitivamente scomparsa. Comunque, continuavano a chiamarlo così e nessuno si chiedeva più perché. Ci erano abituati.

Nella Città di Sopra l'essere abituati era fondamentale per sopravvivere, così come conoscere le regole; l'abitudine era la messa in opera di quella conoscenza, la conquista di raffinati automatismi era tutto per loro, che vivevano come una grande orchestra in cui sbagliare un attacco o una pausa era una catastrofe perché faceva inceppare tutto il complesso meccanismo di cui i suoi ideatori andavano fieri. Per esempio, c'era un'ora di inizio e di fine per qualunque attività: sonno/veglia; studio/pausa; inizio/fine pasto/attività ginniche con simulatore virtuale in giorni e orari uguali per tutti; visite a parenti (solo su richiesta e per motivi resi noti alle autorità almeno un mese prima) e così via. Sembrava complicato, all'inizio, ma poi si erano abituati, appunto, e tutto era filato liscio, tanto che pareva impossibile tornare indietro, alla vita caotica di un centinaio di anni prima in cui ognuno faceva più o meno quello che gli pareva.

Si erano abituati. E poi si erano perfezionati in quella obbedienza ritmica che dava loro sicurezza e liberava dalla fatica di trovare un senso: l'unico senso era stare in quel ritmo.

Ilai e Mary Jane, quel giorno, avevano la verifica di fine trimestre. Solo ogni tre mesi vedevano un insegnante in carne e ossa, per il resto del tempo studiavano ai computer con delle App apposite.

«Oggi verificherò le vostre conoscenze di sopravvivenza in caso di disastro nucleare» annunciò l'uomo in tuta grigio topo come i suoi capelli lunghi fino alle spalle e la sua voce monotona. Era un uomo alto, segaligno, le lunghe braccia, avvolte dalla tuta ermetica, lasciavano scoperte solo le mani, lunghe dita attraversate da vene scure, che disegnavano sulla pelle serpenti guizzanti all'improvviso nei suoi movimenti imprevisti, scatti repentini che ricordavano la fissità robotica di quelle creature di metallo che l'uomo telecomandava con un cenno del capo: vi era una connessione cibernetica tra i due, frutto non solo di raffinata tecnologia ma anche di una omologazione di stili dovuta forse alla lunga convivenza.

«Sopravvivere, in caso di disastro nucleare…» continuò l'uomo,

«Perché? Lei lo ritiene possibile?» chiese Ilai, facendo sobbalzare tutti i presenti. Aveva fatto una domanda? Nessuno ne faceva mai, cos'era quella novità?

Il maestro capellone lo guardò come se fosse invisibile e si girò verso il primo della lista; aveva già organizzato il suo intervento nei tempi e nella successione degli studenti che si sarebbero sottoposti in un preciso ordine a quella verifica. Ilai era il quinto della lista.

Mary Jane lo guardò un attimo prima che il maestro arrivasse a lui, senza intoppi, fino a quel momento. Lo fissò e gli disse, con quello sguardo: "Non farlo arrabbiare, pensa alla nostra Città Sotterranea, non osare farti punire, ho i miei cavalli da far risplendere, li voglio veder galoppare, capisci, me li voglio immaginare che scappano dalla giostra e si mettono a volare, hai capito ragazzino? Stai zitto e rispondi alle domande di questo qui, non fare pazzie che poi ce ne andiamo laggiù". Questo, il messaggio compresso in un unico sguardo, contrabbandato all'attenzione di Signor Capelli Grigio Topo che, proprio in quel momento, cominciò a interrogare Ilai.

Fortunatamente filò tutto liscio. E finalmente fu l'ora di poter andare, con il loro permesso speciale, nella Città di Sotto.

Lavorarono un paio d'ore. Mary Jane aveva quasi finito con la giostra dei cavalli. Li aveva ripuliti, era riuscita ad aggiustare la parte meccanica con il suo tecnico virtuale che l'aveva guidata nella diagnosi e nella scelta del materiale per recuperare l'antica struttura e ridarle il suo perfetto funzionamento. Tra poco si sarebbero riaccese le luci e la giostra avrebbe ripreso a girare. Oddio, forse prima avrebbe cigolato un po', come meravigliata della nuova vita, o forse solo per sgranchirsi dopo tutto quel torpore.

Mary Jane voleva fare una sorpresa a Ilai, perché sapeva che era il suo compleanno. Lo aveva scoperto per caso. Nella Città di Sopra non si festeggiavano i compleanni: le feste sarebbero andate deserte, erano tutti troppo indaffarati a seguire la musica e il tempo della loro canzone quotidiana. A Mary Jane era venuta la curiosità di sapere quanti anni lei e Ilai avevano vissuto. Aveva fatto una semplice ricerca sulle loro date di nascita spacciandola per uno studio demografico sullo sviluppo della popolazione e degli ultimi dieci anni di riproduzione in provetta.

Lo andò a chiamare, quando tutto fu pronto. Immaginava l'amico seduto su uno di quei meravigliosi cavalli, lo voleva vedere girare libero e felice nel giorno del suo quattordicesimo compleanno.

Lo trovò raggomitolato sul suo cuscino a leggere il "libro proibito", come ormai lo chiamavano tra loro. La guardò e si spostò un poco per farla sedere vicino a sé. Mary Jane accettò di buon grado, la sorpresa poteva aspettare, avevano un'altra ora di tempo prima di dover correre all'erogatore a consumare la loro cena marrone. Una storia ci stava giusta giusta.

Fili

"Una marionetta scappò dal teatrino per amor di libertà. Però aveva dimenticato di tagliare il filo che le cresceva in testa, e non capitò mai in un luogo in cui non ci fosse qualcuno pronto a farla ballare a suo piacere. Si può anche scappare lontanissimo: è facile, ma più difficile è tagliare veramente la corda". (Anonimo)

C'era una volta una marionetta decisa a scappare dal teatrino perché stanca di saltare e ballare a comando. Stava completando il suo apprendistato prima di potersi esibire nelle piazze delle città, quando decise di andare nel mondo degli esseri umani.

Ne aveva solo sentito parlare: loro sì che erano liberi, questa almeno era l'idea che si era fatta.

Purtroppo, litigò con tutte le amiche marionette reclute, che si sentivano offese dalla sua decisione di scappare dal teatrino: mancavano solo pochi giorni alla cerimonia dei fili; era una cerimonia bellissima in cui le marionette reclute, alla fine del loro apprendistato, ricevevano i fili nuovi, quelli che avrebbero avuto appesi a mani e piedi per tutta la vita, quelli grazie ai quali si sarebbero potute esibire manovrate dal burattinaio.

«E perché mai dovresti scappare?»

«E dove vorresti andare poi?»

«Sentiamo…» continuavano noiosamente a ripetere.

Senza fili, questo era il suo sogno, vivere senza fili.

Partì.

Dopo qualche giorno di viaggio arrivò in città. C'era tanta gente per strada, erano tutti così indaffarati, veloci, si capiva subito che nessuno aveva tempo per badare a lei, anzi, nessuno sembrava accorgersi della sua legnosa presenza.

Guardò le strade. Erano sporche. Un odore terribile proveniva da grandi scatole con le ruote, straripanti buste di vari colori e dimensioni. Quell'odore sembrava le urlasse nel naso, per non parlare degli strepiti che provenivano dalla strada, da quelle casette in movimento. Sembrava che qualcuno avesse alzato troppo il volume dei microfoni, come a volte accadeva al teatrino durante gli spettacoli.

Stanca e un pò delusa, si fermò sotto una finestra aperta dalla quale proveniva un buon odore di popcorn (in pochi lo sanno, ma le marionette adorano il popcorn). Si affacciò piano piano per vedere se le riusciva di spiluccare qualche briciolina del suo cibo preferito ma... seduta dietro un tavolo, non molto alto, disseminato di libri che parevano appena precipitati da qualche buco nel soffitto, c'era una bambina che, assorta, leggeva qualcosa ad alta voce.

«Cara marionetta, sono Claudia, ho otto anni e non ho mai scritto una lettera. Forse ci metterò qualche errore, ma tu non farci caso. Ho visto tutti i tuoi spettacoli la settimana scorsa, forse mi hai vista anche tu, ho i capelli scuri, lunghi, anche i miei occhi sono scuri, neri, un poco grandi. Guardandoti ho pensato che forse qualche volta sei stanca di saltare e muoverti come ti comanda di fare il burattinaio. Forse vorresti startene un po' in santa pace a fare quello che vuoi. Anch'io sono costretta a imparare tanti copioni, per esempio la storia di persone cattive che passavano tutto il loro tempo a farsi la guerra. I miei copioni sono più inutili dei tuoi perché non fanno nemmeno ridere.Ti scrivo perché voglio dirti una cosa: scappa. Ho un teatrino in soffitta, potresti abitare lì, senza fili. Adesso ti spiego la strada per arrivare a casa mia.

Attenta, eh!

Proprio di fronte alla piazza dove ieri ti sei esibita, c'è un'edicola. Ci sono dei titoloni neri, appesi fuori dal chiosco: "UN NUOVO ATTENTATO…", "BAMBINI SCHIAVI…", "NUOVI SBARCHI DI MIGRANTI…" se per caso sai leggere, ma non capisci, poi ti spiegherò io cosa c'è scritto, ma non saprò spiegarti perché succedono certe cose nel mio mondo.

Non ti fermare. Continua a camminare, troverai una salita, alla fine, sulla destra (sai qual è la destra?) c'è Legambiente. Non so se ti conviene fermarti, loro proteggono gli alberi, ma le marionette? Proteggono gli alberi perché ne muoiono tanti nel mio mondo: li bruciano, li tagliano, forse tra poco finiscono. Ma che mondo sarebbe senza alberi? Sarebbe come un mondo senza bambini, senza colori, senza aria pulita, speriamo che ne lascino in vita almeno uno. Chissà.

Tira dritto.

La strada è ancora lunga. Svolta a sinistra (è il contrario della destra) conta cento passi, ma di elefante non di formica, troverai una chiesa. Puoi entrare se vuoi, ma fai attenzione a non farti scambiare per il diavolo, è il loro nemico numero uno e siccome non si è mai vista una marionetta fuori dal teatrino potrebbero pensare... va beh, se ti chiedono qualcosa tu dici che lo odi, il diavolo, così almeno ti fanno entrare e puoi riposarti qualche minuto.

Ma non fermarti molto. Ne hai ancora di strada da fare, ma non proprio molta.

Cento passi a destra di elefante, un ponte, duecento passi a sinistra di struzzo, e poi guarda: davanti a te c'è il mare. È il posto più bello del mio mondo. Mettiti tranquilla, non ti caccerà nessuno. Puoi parlargli (se sai farlo, ma io sospetto di sì) e non devi

odiare nessuno per entrare. Insomma, è un posto giusto per te e anche per me.
Ci vediamo lì, io ti aspetto. Vieni se puoi, poi ti riaccompagno, se proprio devi tornare. Non ci metteremo molto perché io conosco una scorciatoia.
La tua amica Claudia.»

La marionetta correva nella notte, verso il teatrino. Aveva bisogno di parlare subito con l'unica amica che le era rimasta nel mondo delle marionette, la Marionetta Saggia. Era una vecchia marionetta divenuta saggia dopo tanti viaggi, spettacoli, gente che aveva osservato dal palco e dalle finestrelle del carrozzone.
Marionetta: «Marionetta Saggia! Dove sei?».
Marionetta Saggia: «Sono qui, cos'è successo? Perché torni nel cuore della notte...».
Marionetta: «Sono stata nel mondo degli esseri umani, che disastro! Corrono, corrono sempre e... ho conosciuto Claudia... Una bambina, stava scrivendo una lettera ad una marionetta, forse proprio a te, ti avrà vista esibirti. Marionetta Saggia, cosa è successo agli esseri umani?».
Marionetta Saggia: «Questi umani! Vivono legati alla terra da un girotondo fulmineo ma qualche volta guardano il cielo, e una piccola nostalgia li fa fermare un momento. Questi umani! Metà uomini e metà burattini, fino a quando si svegliano con addosso i fili e allora li vedi, all'alba, già in cammino verso il loro teatrino. Luoghi eleganti, dove prendono o lasciano perché sia custodito il loro filo più resistente: il filo denaro, per teatrini e marionette di lusso. Per non parlare dei burattinai; ce ne sono ovunque sul pianeta Terra.
E sì! I loro teatrini sono intere nazioni. Questi burattinai governano milioni di marionette aggrovigliate dentro fili invisibili. Marionette appese al filo paura, al filo odio, al filo indifferenza, e poi al filo di destra, a quello di sinistra, per non parlare del filo amore corrotto, venduto, amore senza amore. Fili resistenti, per uomini che camminano a testa bassa perché non ci sono profumi da seguire con il naso per aria, in queste città. Sono città di fili, fili invisibili, che si allungano alti fino a solleticare il cielo, molto più in alto dei fili del tram».

La marionetta raggiunse il mare, correndo nell'ultimo pezzo di notte rimasto, e lì, alla luce di una giovane alba, scrisse: “Ciao Claudia. È vero, il mare è il posto più bello del tuo mondo. Sono venuta qui per scriverti, per lasciarti un saluto. Ho deciso di tornare al teatrino, il mio teatrino. La tua soffitta sarà sicuramente bellissima ma io sono una marionetta, ho l'istinto della nomade: perdonami. Lascio qui il mio sogno, potrai trovarlo venendo semplicemente in questo luogo. E ti lascio anche un pezzettino del mio filo, quello che mi cresceva in testa, si è strappato quando sono fuggita ma... questa storia te la racconterò un'altra volta. Guardalo bene Claudia, guarda questo filo e impara a riconoscerlo al tatto, ad occhi chiusi, dall'odore o semplicemente passandogli vicino. Se ti dovesse crescere qualcosa del genere, nel cuore o nella mente, strappalo, a costo di lasciarvi attaccato un pò di te.
Ai nostri sogni. Al mare.
La tua amica marionetta.”

***

«Mary Jane, tu l’hai mai visto il mare?» disse Ilai.
«No. Mai. Cerco un’immagine sul simulatore tascabile.» Estrasse dalla tasca della sua tuta un aggeggio rettangolare, piatto, piccolo come un vecchio cellulare. Il minuscolo schermo, dopo un attimo, fu invaso da una distesa d’acqua frusciante.
«Ilai…»
«Allarga l’immagine e proiettala sul muro.»
«Che vuoi fare?»
«Zitta Mary Jane, fallo e basta…»
«Metti gli occhiali 3d Ilai, ho capito.»
Come guidati da un istinto primordiale e insopprimibile si tolsero le tute e le abbandonarono vicino al cuscino.
Non ebbero bisogno di spiegazioni.
Si tuffarono in quell’abbraccio virtuale come avrebbero fatto due bambini qualunque

di mille anni prima. Era bellissimo, riuscivano perfino a sentire la freschezza di quell'azzurro sulla pelle. Le onde alte si frantumavano sui loro corpi esili che non avevano mai scavalcato un muro, corso a perdifiato, urlato di terrore e di emozione davanti a un gigantesco compagno di giochi, capace di portarli al limite della paura, della forza, della gioia, della piccola follia dei bambini, di quei due bambini che all'improvviso si ritrovavano dentro l'elemento in cui erano venuti al mondo, negli ultimi due ventri umani che li avevano accolti.

Presero a spruzzarsi a vicenda, a rotolare nelle onde con una gioia impazzita e troppo a lungo compressa. Era un mare dorato con una moltitudine di merletti nelle pieghe schiumose delle onde: pizzi e trine gorgoglianti in un farsi e disfarsi di geometrie candide che sembravano imitare la sfrenata energia fanciullesca, ondeggiante e acuta di voci ritrovate. Come il mare, finto ma vero, archiviato in una memoria di carne molto più antica del simulatore multiuso che adesso stava emettendo uno strano suono metallico.

Avrebbero continuato all'infinito a bere quella gioia, a divorare quel tempo che sapevano non essere il loro tempo. Il cicalino di avviso della cena, che suonava quindici minuti prima dell'erogazione, li restituì brutalmente alla loro vita. Chiusero tutto, si rivestirono e fuggirono via senza nemmeno salutarsi.

Il giro sulla giostra era rimandato.

Capitolo III

La scuola

Te ne accorgevi dal silenzio. Un silenzio reso ancora più trasparente dal ronzio appena percettibile delle macchine. Computer, robot, telefoni, oggetti spostati con la sola forza del pensiero, come evocati da una notte brumosa, schermi enormi su cui apparivano e scomparivano in delicatissime, afone dissolvenze, grafici, notizie provenienti da ogni angolo della Via Lattea come viaggiatrici silenti, che approdavano su quegli schermi solo per pochi attimi, evanescenti.

La scuola della Città di Sopra era il cuore di tutto quel complesso mondo. Il suo compito era di formare i cittadini della Città di Sopra, non solo quelli del futuro, cioè i bambini, ma anche gli adulti per i quali erano previsti appuntamenti settimanali di studio e aggiornamento a cui era obbligatorio partecipare. Non esistevano libri in versione cartacea, solo e-book e materiale diffuso per via telematica i cui compilatori erano quasi sempre anonimi, ma ovviamente vicini al PIC (Partito Internazionale Cibernetico). Il partito, fondato da un uomo di grande carisma che tutti chiamavano semplicemente il Leader, era al potere da circa trent'anni. Prima di lui avevano sperimentato una sorta di anarchia e autogestione, ma non aveva funzionato. Anzi, proprio dalla terribile confusione che si era venuta a creare, avevano saputo trarre vantaggio il Leader e i suoi uomini, per proporre e far accettare una forma di governo che organizzasse la vita dei cittadini fin nei minimi dettagli, per restituire sicurezza e ordine alle città fino ad allora sprofondate nel caos e nella delinquenza, in cui vigeva la sola legge del più forte.

La vita era forse un po' monotona, ma ormai si erano abituati. Così pensavano quasi tutti. In realtà non pensavano proprio niente, volevano solo vivere e morire tranquilli,

senza troppi scossoni e senza tragedie collettive.
A scuola ognuno lavorava da solo, seduto di fronte al suo computer a svolgere lezioni interattive sulle varie discipline, compresa la filosofia del PIC: storia e ragioni di un modello perfetto di organizzazione sociale. I test di verifica erano quasi sempre a risposta multipla e con un correttore immediato: se la risposta era sbagliata, si accendeva una spia rossa che avvisava dell'errore e suggeriva di provare a rispondere di nuovo. I compiti venivano inoltre sottoposti a un computo settimanale di errori; qualora fosse stata superata la soglia di tolleranza, il candidato veniva sottoposto a una interrogazione da sostenere con qualche insegnante dignitario. Accadeva di rado, e se accadeva, il candidato in questione da quel momento veniva posto sotto sorveglianza e a volte, se gli errori continuavano, lo studente veniva allontanato. Nessuno sapeva dove lo portassero né a fare cosa. Semplicemente non lo vedevano più; un giorno compariva un altro al suo posto e tutto riprendeva normalmente.

Il giorno dopo l'incontro virtuale con il mare, Ilai si trovò alle prese con un questionario di verifica sul tema SCUOLA.
Era turbato, non si sentiva sicuro come sempre, gli sembrava di custodire nel corpo un pericoloso segreto che da un momento all'altro poteva fuoriuscire dagli occhi, dalla bocca, da quelle mani che aggrappò saldamente al suo mouse, come a un'ancora che lo saldasse a quel mondo nel quale non si sentiva più a suo agio.

"Quanto sono state efficaci le lezioni interattive che hai frequentato?"
"Estremamente efficaci. Molto efficaci. Moderatamente efficaci. Poco efficaci. Non efficaci."
"Ritieni questa organizzazione scolastica, dal punto di vista della tua formazione come cittadino:"
"Estremamente efficace. Molto efficace. Moderatamente efficace. Poco efficace. Non efficace."
"Quanto è utile per te la SASCA?"

"Estremamente utile. Molto utile. Utile. Non molto utile. Inutile."

"Quanto trovi razionale e facile migliorare nelle conoscenze richieste ad un cittadino con questo metodo di studio?"

Estremamente facile. Molto facile. Difficile. Molto difficile."

"Quanto sicuro ti senti delle risposte che stai dando?"

"Estremamente sicuro. Molto sicuro. Sicuro. Insicuro."

"Quanto apprezzi per disponibilità il tuo insegnante supervisore? Lo trovi:"

"Estremamente disponibile. Molto disponibile. Disponibile. Non disponibile."

"Quanto utili sono i servizi relativi alla carriera dello studente?"

"Estremamente utili. Molto utili. Utili. Non molto utili. Inutili."

"Quanto facile è ottenere risorse dalla libreria multimediale?"

"Estremamente facile. Molto facile. Facile. Difficile. Molto difficile."

"Complessivamente, sei soddisfatto della tua esperienza scolastica?"

"Estremamente soddisfatto. Soddisfatto. Indifferente. Insoddisfatto.

"Fine modulo."

Ripasso e memorizzazione per il test

Ecco cosa bisognava studiare:

"La scuola informa e forma contemporaneamente;
non occorrono idee personali che, per mancanza di esperienza, difficilmente potrebbero superare in utilità quelle degli estensori delle lezioni;
la scuola fornisce la migliore selezione possibile delle idee e contenuti atti a preservare la propria vita su questo pianeta;
la fantasia è una forma di intelligenza minore, funestata da digressioni e individualismi perniciosi: la democrazia sta nell'uguaglianza;
uguaglianza è sinonimo di giustizia sociale, tutti i cittadini della Città di Sopra sono uguali, nel modo di vestire, parlare, pensare, condurre la propria vita quotidiana.

Nessuno è superiore o inferiore, tutti sono uguali e ugualmente utili al grande sistema del PIC che si occupa della sicurezza di tutti i cittadini, prima e indispensabile condizione per espletare il proprio compito di esistenza, riproduzione e conservazione della specie;
al difficile compito della propria istruzione-formazione ciascuno provvede autonomamente, guidato dalle lezioni interattive opportunamente scandite in step via via più complessi con possibilità di verifica e recupero intermedi: non occorre altro; l'antico sistema classe con insegnante è stato da tempo abolito perché giudicato inefficace, dispendioso in termini di tempo e risorse umane, razzista nel ritenere tutti diversi.
Fine del primo step. Segue questionario di verifica."

Quel pomeriggio Ilai voleva leggere una nuova storia dal libro proibito. Ma per sbaglio non prese uno di quei volumi con la copertina strappata, i libri di fiabe, bensì uno con una strana copertina rigida, nera, e solo dopo qualche giorno avrebbe scoperto cos'era.
Sulla prima pagina c'era un titolo: *La storia di Bea.*
La lampada ai vapori di mercurio diffondeva una bella luce azzurrina sulla stanza che, grazie al suo intervento, era diventata di nuovo pulita, con tutti i libri in bell'ordine sugli scaffali. Era tutto un po' logorato, sciupato, fragile, per così dire, però Ilai, con i mezzi di cui disponeva, aveva fatto veramente del suo meglio.
Da lì sentiva Mary Jane trafficare con la giostra; gli aveva promesso una sorpresa per quel pomeriggio e Ilai sapeva che sarebbe stata veramente una sorpresa.
Mary Jane era bravissima in meccanica, sapeva aggiustare tutto e c'era da scommettere che anche quell'antichissimo marchingegno avrebbe ripreso a funzionare, chissà, forse proprio quel pomeriggio.
Si accomodò sul cuscino e prese a leggere quella nuova storia.

La storia di Bea

La migliore amica di Dino si chiama Bea. Si vogliono un gran bene. Dino prova una forte ammirazione per lei, la difende quando i compagni la prendono un po' in giro perché lei é una bambina particolare. Dino e Bea sono diventati amici fin dal primo giorno di scuola.

Ma prima forse è meglio raccontare la storia di Bea.

C'era una volta una bambina bellissima che si chiamava Bea. Lei conosceva tante cose: il nome delle stelle, degli alberi, come nascono i vitellini e come cambiano le stagioni. Solo una cosa non conosceva: la scuola. Ne aveva sentito parlare, certo, ma non ci era mai andata.

Un giorno si presentò davanti alla sua porta un signore alto con due baffoni.

«Voglio parlare con la signorina Bea» disse quel signore alla mamma che gli aveva aperto la porta.

La signora, che era una donna molto gentile, chiamò subito la bambina.

«Che c'è, mamma?»

«Vieni Bea, c'è un signore che vuole parlare con te.»

«Con me? Buongiorno signore» disse Bea che era una bambina molto educata.

«Domani mattina devi venire a scuola» annunciò l'uomo facendo tremare i baffi, con quel suo vocione che metteva un po' paura.

«A scuola? Che cos'è la scuola? Non l'ho mai vista, ne ho solo sentito parlare» esclamò la bambina spaventata.

«Silenzio! Domani mattina alle 7.30 dovrai trovarti qui davanti, in attesa del pulmino che ti porterà a scuola, e mi raccomando: puntuale!»

Il signore se ne andò lasciando madre e figlia senza parole.

Quella notte la bambina non riusciva a dormire, e si girava di qua e si girava di là… poi correva dalla mamma, la svegliava e le chiedeva: «Mamma mamma, posso portare a scuola la mia collezione di foglie?».

«Ma certo Bea, non ti preoccupare, adesso dormi altrimenti domani non riuscirai ad

alzarti presto.»
Così Bea tornava a dormire. Ma il sonno non veniva e si girava di qua e si girava di là, poi correva dalla mamma, la svegliava e le chiedeva: «Mamma mamma, posso portare a scuola il mio trenino di legno?».
«Ma certo Bea che fastidio può dare un trenino di legno, però adesso torna a dormire ti prego.»
… e il sonno non veniva… e si girava di qua… e si girava di là…
«Mamma mamma, posso portare a scuola le mie conchiglie?»
«Oh Bea, porta quello che vuoi ma per piacere dormi!»
... e si girava di qua… e si girava di là…
«Mamma mamma, posso portare a scuola i miei colori a cera?»
«Ancora! Bea ma quei colori sono consumati, te ne comprerò di nuovi te lo prometto, ma adesso devi proprio tornare a letto e rimanerci, va bene?»
Il mattino dopo Bea si avviò di buon'ora alla fermata del pulmino. C'erano tanti bambini a cui le loro mamme facevano le ultime raccomandazioni, aggiustavano i berretti, le sciarpe, davano l'ultimo bacio.
Partirono. Faceva freddo e tutti gli scolari, in silenzio, schiacciavano i loro nasini contro il vetro gelido; erano un po' tristi.
Arrivati a scuola entrarono in un grande cortile dove c'era un omone grosso grosso che continuava ad urlare: «Di là di qua di là di qua!». Intorno era tutto grigio, con solo due piccole palme prigioniere di un'aiuola a tentare di ravvivare un po' il cemento graffiato e rude del pavimento. La costruzione grigio e giallo ocra che s'intravedeva alla fine del cortile, aveva le mura sbocconcellate dal tempo, e una scritta: "SCUOLA ELEM NTARE" orba di una lettera.
Finalmente Bea arrivò nella sua classe. Tutti i bambini sedevano zitti zitti nei loro banchi senza togliersi nemmeno il giubbino, i berretti e le sciarpe: sembravano pronti a fuggire. A un certo punto entrò una signorina. Aveva dei bei capelli neri, lunghi, legati in una lunga coda, indossava una camicia con un colletto rigido rigido, bianco, e un maglione rosa morbido, rosa fenicottero che dorme.

«Buongiorno bambini.»

Nessuna risposta.

«Buongiorno, io sono la maestra e mi piacerebbe conoscere i vostri nomi.»

Nessuno osava rispondere, anzi, a qualcuno cominciava a rotolare giù dalle guance una bella goccia tonda tonda.

«Oh, che peccato non poter conoscere i vostri nomi, avremmo potuto scriverli su questa grande lavagna nera, così scura, così vuota… che ne direste se la riempissimo di parole, delle parole che per voi sono importanti?

Tu, per esempio, vuoi dirmi per te qual è la parola più importante?»

«Mamma…» disse piano piano una bambina con un cappellino azzurro da sotto al quale spuntavano due trecce rosse.

La maestra si affrettò a scrivere quella parola alla lavagna, felice come se avesse appena scoperto un tesoro.

«E per te invece?» chiese ad un bambino grassottello con i bottoni del giubbotto che quasi scoppiavano.

«Cane…» rispose subito e si tolse il berretto, l'aria cominciava a riscaldarsi.

Giocarono così a lungo e la lavagna si riempì di tante parole: mamma, papà, stella, cane, orsetto, regalo, nonno, fiorellino, compleanno… e molte altre. Appese così nel buio di quel cielo nero, le parole sembravano tante stelle, piccole luci accese ad illuminare la paura dell'ignoto che teneva in ansia quei piccoli viaggiatori.

Quando la maestra arrivò a Bea, lei rispose: «Bosco» e da quel momento non ebbe più paura della scuola.

Finito il gioco, la maestra chiese ai bambini cosa avessero nello zaino e Bea subito mostrò la sua collezione di conchiglie. Tutti risero perché erano convinti che le conchiglie non c'entrassero niente con la scuola. Ma, inaspettatamente, l'insegnante prese una bella conchiglia grande e l'avvicinò alle orecchie di tutti i bambini.

Completato il giro chiese: «Cosa avete sentito?».

«Il mare!» risposero in coro.

«E non credete che Bea meriti un ringraziamento per aver portato a scuola il mare?»

Bea era raggiante, quella signorina le piaceva proprio. Così, ormai perfettamente a suo agio, tirò fuori dallo zaino tutti i suoi tesori e per ognuno, quella strana maestra trovava qualcosa di meraviglioso da dire. Nel trenino ci vide le mani che lo avevano fabbricato e l'albero che aveva donato il suo corpo di legno, e poi nelle foglie ci vide la fantasia della natura che le faceva tutte diverse e tutte belle, per non parlare dei colori rotti e consumati di Bea, che nascondevano tutti i disegni che la bambina aveva colorato con il loro aiuto.

Che bello andare a scuola, pensò Bea, lì tutto diventava magico e importante e la cosa più bella era scoprirlo assieme a tanti nuovi amici e compagni d'avventura.

Successero tante cose da quel giorno, ma queste sono altre storie e le racconteremo un'altra volta.

***

Alla fine della lettura Ilai era turbato. Proprio in quel momento entrò Mary Jane.

«Ancora con quel libro, Ilai?»

«Mary Jane, a te piace andare a scuola?»

«Mi piace? A scuola si va e basta. Ilai quel libro ti mette in testa un sacco di strane idee, idee che forse andavano bene nel mondo in cui sono state scritte, cioè più di mille anni fa. Il nostro mondo è diverso.»

«Ma non per forza migliore. E adesso rispondi alla mia domanda: a te piace andare a scuola?»

«Non me lo sono mai chiesto, non lo so. A te?»

«A me no. Vorrei che la scuola di Bea e Dino fosse reale, lì ci andrei volentieri e loro diventerebbero miei amici.»

«Bea e chi? Ilai vieni con me, ho una sorpresa, su, posa quel libro e seguimi.»

Ilai la seguì lasciando a malincuore il libro proibito.

Quando la vide, completamente illuminata, con i cavalli pronti a partire per chissà dove, Ilai per la prima volta fu davvero bambino.

Non erano stati mai così luminosi i suoi occhi, mai così acuta la sua voce nel gridare «falli girare Mary Jane, falli girare più forte...»

«Salta su Ilai, che adesso ti faccio volare...»

«Ho paura!»

«Hai letto il libro proibito Ilai, non puoi aver paura di una giostra...»

Lo convinse. Ilai saltò sul cavallo bianco senza un occhio, si era scolorito nel tempo, ma era un cavallo che sapeva volare, almeno così sembrò a Ilai che continuava a incitarlo, a chiamare a gran voce Mary Jane perché saltasse anche lei su quella giostra e sentisse nel suo corpo quella scarica di gioia e ardore mai provata prima. Ma Mary Jane preferì rimanere a sorvegliare il meccanismo appena ripristinato; poteva rompersi, chissà, esplodere, o semplicemente fermarsi e rovinare la gioia folle di Ilai. Cosa stava custodendo Mary Jane: la giostra o Ilai, in quel momento?

Entrambi avevano qualcosa in comune, sentiva confusamente Mary Jane, forse entrambi non facevano più parte della Città di Sopra e, per questo, forse, erano destinati a scomparire.

La Città di Sopra

I ragazzi furono convocati, due giorni dopo, dal Responsabile della Sicurezza, alto dignitario alle dirette dipendenze del PIC (Partito Internazionale Cibernetico) che aveva la sua sede centrale in un luogo imprecisato della Via Lattea, tenuto segreto per motivi di sicurezza, ma operante attraverso una capillare rete telematica e umana gestita da personaggi importanti, selezionati con modalità di reclutamento, addestramento e assunzione sconosciute ai più. Solo chi era stato contattato per avviarsi alla suddetta carriera e immediatamente vincolato a giuramento di non divulgazione di tutto quanto avrebbe visto e sentito, sapeva.

Il resto del mondo, no. Ma tutti ci erano abituati.

Ilai e Mary Jane, dopo una regolare e-mail di CIPRIA (Convocazione Immediata Per Rendicontazione Istituzionale delle Attività), furono prelevati subito dopo l'erogazione della colazione e forniti di uno speciale permesso che, per quella mattina, li esonerava dal seguire le regolari lezioni alla SASCA. Il velivolo che li condusse alla sede del Dipartimento per la Sicurezza era un elicotterino programmato per condurli al loro appuntamento. I due ragazzi non osarono proferire parola tra loro durante il breve viaggio.

Furono fatti accomodare in una piccola stanza con un lungo tavolo, al centro del quale troneggiava un computer disseminato di lucine intermittenti stile antico albero di Natale; un largo sgabello ruotante da un lato e due sgabelli simili, più piccoli, dall'altro, completavano l'arredamento di quella stanza.

Il tizio che entrò di lì a poco assomigliava al loro insegnante, solo che i lunghi capelli grigi erano tenuti legati. L'uomo indossava la solita tuta. La sua voce era monocorde e a tratti incerta come di chi sta parlando in una lingua che non è la sua.

«Siete stati convocati qui per stendere assieme a me un rapporto sui vostri lavori alla città sotterranea» disse, saltando tutti i possibili convenevoli.

Mary Jane e Ilai si guardarono, come per dire: "Chi comincia?".

Il tizio li trasse d'impaccio con uno scarno: «Tu»

Il tizio aveva scelto Mary Jane, per prima.

La ragazzina, attenta a non svelare nulla delle meraviglie che avevano trovato, cominciò a sciorinare un piatto resoconto di pietre rimosse, pavimenti della galleria bonificati da polvere e calcinacci, primitivi velivoli ripristinati al loro inutile uso, ossia girare in tondo senza scopo alcuno. Le parole erano giuste, quelle che il tizio poteva capire, cioè era abituato a sentire, i pensieri e le emozioni dissimulati nelle parentesi e nelle pieghe del loro respiro, ma qualcosa nello sguardo di quella ragazzina lo mise in allarme.

Tizio grigio con la coda decise d'interrogare Ilai.

Il ragazzino ugualmente badò a non tradire lo splendido mondo della Città di Sotto. Raccontò di vecchi libri polverosi, alcuni con buffe immagini, letteratura delle origini molto puerile, improbabili storie di marionette scappate dai loro teatrini. E così via. Ilai concluse con una smorfietta da piccolo saccente, come per dire: "Signore, robetta di poco conto".

Tizio grigio era confuso. Quei due ragazzini lo inquietavano, facevano accendere dentro di lui delle spie rosse come quelle che stavano illuminando il suo computer e lo avvertivano che aveva solo altri cinque minuti prima di passare alla prossima occupazione. Segreta.

«Verrò a vedere personalmente» concluse. Lo poteva fare. Doveva solo programmarlo e ricevere il permesso della sede centrale. «Verrò, presto. Intanto, tornate lì stamattina e inviatemi delle foto.» Un ultimo sguardo valse come congedo.

I ragazzini fecero la strada del ritorno, muti, sull'elicotterino che li scaricò davanti alla grata da cui si accedeva alla Città di Sotto.

Appena furono soli, Ilai e Mary Jane, si guardarono sconvolti. Dove avevano sbagliato? Perché Tizio Grigio voleva venire alla Città sotterranea, anzi, voleva subito delle foto? Quel controllo doveva essere una semplice formalità, della Città di Sotto non importava niente a nessuno: cos'era successo nella testa di quel tizio? Cosa aveva visto che loro non erano riusciti a nascondere? E soprattutto, come avrebbero potuto fare per tenere lontane le autorità dalla Città di Sotto?

Non sapevano nemmeno loro perché, ma sentivano, confusamente, che in quel loro piccolo mondo sempre più scintillante, colorato, sonoro, così diverso dalla Città di Sopra, sicuramente avrebbero intravisto dei pericoli per la sicurezza, ne vedevano ovunque. Per non parlare del libro di fiabe, quello, sicuramente, lo avrebbero distrutto, perché sembrava, a volte, che parlasse proprio di loro e di quel loro mondo che cominciava a sembrare insensato a quei due ragazzini.

«Che facciamo?»

«Che vuoi che ne sappia, Mary Jane? Dobbiamo fare le foto, questo è sicuro.»

«Che fotografiamo?»

«La biblioteca no, se vedessero tutti quei bei libri vorrebbero sapere cosa c'è scritto, cosa accadrebbe nella testa dei cittadini se potessero leggerli...»

«Com'è successo a noi. Da quando abbiamo letto quelle fiabe siamo cambiati, la nostra vita ci sembra assurda e stiamo bene solo quando siamo qui, in questa città fantasma. Hanno ragione, i libri sono pericolosi.»

«Dici sul serio, Mary Jane?»

«Cerco di ragionare come loro. Ascolta Ilai, nel mondo di mille anni fa c'era il mare, c'erano gli alberi.»

«Che vuoi dire Mary Jane? Non abbiamo molto tempo, lo sai, se non inviamo le foto entro i prossimi quindici minuti verranno qui a vedere che stiamo facendo.»

«Voglio dire che noi non abbiamo più niente da salvare: lo capisci questo, vero?»

«Non lo so, non c'è tempo adesso per pensare. Fotografiamo la giostra e…»

«No! La giostra no, è troppo colorata, troppo… felice, non so spiegare, ma sicuramente verrebbero a distruggerla.»

«La vuoi salvare? Ecco cosa ci è successo Mary Jane, vogliamo salvare qualcosa, io la biblioteca, tu la giostra, e se continuiamo ad andare avanti in questo budello chissà cos'altro scopriremo di bellissimo e pericoloso.»

«Allora dobbiamo andare da loro a dire: "Distruggete tutto laggiù, non c'è niente che può essere utile alla nostra perfetta vita". È questo, Ilai, che dobbiamo fare?»

«Dobbiamo pensarci con calma, non riesco a ragionare. Dai, fotografiamo il pavimento, la macchina dello zucchero filato, qualche scaffale vuoto. Forza Mary Jane, per il momento salviamo noi stessi da una punizione.»

Per tre giorni Ilai e Mary Jane non andarono alla Città di Sotto. Gli orari pomeridiani ad essa destinati furono impegnati con gli stage mensili di filosofia cibernetica applicata, lavori manuali di manutenzione dei complessi sistemi con cui la Città di Sopra veniva approvigionata, le sue strutture architettoniche riparate o sostituite, la rete telematica verificata nel suo funzionamento capillare. Gli allievi della SASCA venivano smistati a seconda delle competenze maturate e, sotto la direzione di un dignitario esperto, realizzavano l'improrogabile lavoro mensile di MAD Monitoraggio, Aggiornamento, Definizione.

I due ragazzi erano preoccupati. Delle loro fotografie nessuna notizia. Non sapevano se la questione era chiusa lì o ci sarebbero state altre verifiche, magari sul posto.

Il pomeriggio del quarto giorno dall'invio delle fotografie, riuscirono a tornare alla

Città di Sotto. E finalmente poterono dialogare senza paura di essere intercettati.

«Mary Jane, allora?»

«Niente.»

«Che dobbiamo fare?»

«Aspettare e comportarci come sempre.»

«Oggi vorrei esplorare un altro pezzo di questa galleria.»

«Ci avevo pensato anch'io, ho portato tutta l'attrezzatura: caschi, sensori di smottamenti e crolli, torce al plutonio…» e mentre li nominava estraeva gli oggetti da una borsa di plexiglas.

I due ragazzi s'incamminarono verso l'ignoto di quel budello sotterraneo. Per i primi cinque o sei metri non trovarono altro che calcinacci e polvere ma, all'improvviso, davanti ai loro occhi, apparve una larga insenatura a destra del corridoio che stavano percorrendo. Una costruzione cadente si presentò davanti ai loro occhi.

«Fai luce Mary Jane, non riesco a vedere bene.»

Il fascio di luce della potente torcia al plutonio irrorò generosamente quello slargo e la costruzione diroccata che l'occupava quasi interamente.

«Entriamo, Mary Jane…»

«Attento Ilai, controlla i livelli dei sensori di crollo.»

«C'è un buon margine di sicurezza, dai, io entro.»

La costruzione, sebbene tutta crepata e fatiscente era ancora in un discreto stato di conservazione. I ragazzi la esplorarono e fotografarono per vedere apparire il nome di quegli oggetti sconosciuti sui display dei loro decoder palmari. Che strane parole: banchi… sedie… lavagna… disegni… giocattoli… penne… colori… conchiglie…

«Mary Jane, ho capito.»

«Che hai capito?»

«Siamo in una scuola, anzi in *quella* scuola.»

Lo guardò con quel suo sguardo metallico che voleva dire: "Sto perdendo la pazienza, muoviti a farmi capire".

«Mary Jane, siamo nella vecchia scuola di Dino e Bea.»

«E chi sono Dino e Bea?»
«Credevo che nel libro proibito ci fossero scritte vecchie fiabe, ma mi sbagliavo. Le fiabe sono negli altri libri, quelli con la copertina a brandelli, invece quello con la copertina rigida nera è una specie di diario.»
«E chi lo ha scritto?»
«La maestra.»
«La maestra?»
«Sì, anticamente a scuola insegnava una maestra, e a volte anche un maestro.»
«Come il nostro dignitario…»
«No, no, molto diverso. Senti Mary Jane, devi leggere se vuoi capire. Adesso tu ti riposi un po' e ti leggi il libro proibito.»
«Lo tieni sempre con te? Ilai, sei pazzo!»
«Ma no, me lo sono portato adesso, lo volevo leggere se facevano una pausa durante l'esplorazione. Mary Jane, leggi *La storia di Bea* ti prego. Io continuo il sopralluogo e faccio un inventario.»
Quando Ilai ebbe finito, tornò da Mary Jane che aveva ancora gli occhi incollati alle pagine; lasciò che terminasse, poi assieme lessero un nuovo racconto di quello che ormai, avevano scoperto essere un vecchio diario di una maestra del duemila.

***

Caro diario,
ieri ho raccontato ai bambini la storia della bottiglia Mariposa che viene trasformata da un bambino in una bellissima farfalla. I bambini hanno voluto sentire e risentire questa storia. Gli è piaciuta moltissimo. Hanno trascorso il resto della giornata a ritagliare e incollare le ali di Mariposa.
Oggi sono arrivati tutti a scuola con una bottiglia di plastica. Ognuno ha incollato le ali, che aveva ritagliato e colorato ieri, alla bottiglia, che si è trasformato immediatamente nel corpo di una, due, venti farfalle colorate. Dal testo abbiamo

ricavato una sceneggiatura e presto ci esibiremo in una bellissima performance.
La storia comincia così…

Mariposa, la bottiglia senza posa

C'era una volta un paese che si chiamava Scaricopoli. Era un paese molto sporco: le strade erano piene di rifiuti, per non parlare delle discariche che, alte come montagne, erano l'unica cosa colorata in quel paese buio e maleodorante.
A Scaricopoli c'era una fabbrica che produceva bottiglie. Ogni giorno arrivava Alfonso, il camionista, che le prendeva e le portava al supermercato. Tra queste bottiglie c'era anche Mariposa, una bella bottiglia verde di acqua minerale. Non era mai uscita da quella fabbrica, l'avevano confezionata da poco. Lei era molto curiosa, non vedeva l'ora di uscire di lì e conoscere il mondo. Si aspettava tante cose bellissime, come quel pezzettino di cielo azzurro che riusciva appena a intravedere dal suo scaffale. Un giorno arrivò Alfonso e la caricò sul suo camion: che emozione! Mariposa aveva le bollicine più frizzanti che mai; si faceva un sacco domande: dove la stavano portando? Chi avrebbe conosciuto? Insomma, domande da bottiglia appena uscita dal supermercato.
Quello stesso giorno una famiglia di Scaricopoli andò a fare la spesa e come ultima cosa comprò una bottiglia d'acqua minerale, la nostra Mariposa, che ben presto si ritrovò nel bagagliaio di un'automobile insieme ad altre buste della spesa.
Dove stavano andando? Mariposa non lo sapeva, anzi, aveva anche un po' paura chiusa lì dentro.
La famiglia era diretta in un boschetto, quel giorno voleva fare un pic nic. C'era il sole, un bel venticello fresco primaverile, gli uccellini cantavano: era un posto veramente incantevole. Quando Mariposa fu tirata fuori dalla busta e adagiata sulla tovaglia, sull'erba, si sentì molto felice.
Quante cose belle, mai viste prima! All'improvviso vide una farfalla e pensò: "Quanto sei graziosa! Vorrei essere anch'io una farfalla…".

La famiglia dopo qualche ora decise di andar via, ma purtroppo non era cpomposta da persone molto educate, così, raccolsero le loro cose, ma non i rifiuti. Mariposa, e tante altre cartacce, tovaglioli, lattine, vennero lasciati lì.

"Perché mi hanno abbandonato? Cosa farò qui tutta sola?" pensava la povera Mariposa che aveva tanta paura e si sentiva molto triste. Il sole era calato e al suo posto era arrivato un vento gelido che non la smetteva più di soffiare. Cominciava una lunga notte.

Il mattino seguente Lorenzo, il figlio della guardia forestale, andò a fare una passeggiata in quel boschetto: non c'era scuola, aveva voglia di stare un po' all'aria aperta. Quando arrivò nel boschetto non poteva credere ai suoi occhi: "Oh no! Hanno lasciato qui i loro rifiuti. Devo dire a mio padre di vietare i pic nic in questo posto, è così bello, perché lo hanno ridotto così… E va bene, ancora una volta mi metterò al lavoro".

Lorenzo lavorò delle ore per ripulire il bosco fino a quando, ormai stanchissimo, decise di tornare a casa. Proprio mentre se ne stava andando, vide Mariposa.

"Guarda che bella bottiglia" pensò, "la maestra mi ha detto che le bottiglie di plastica si possono riciclare. Me la porto a casa e la trasformerò in una bellissima farfalla".

Lorenzo lavorò qualche ora per costruire a Mariposa il suo nuovo corpo di farfalla, poi, la posò sul davanzale della finestra per far asciugare le ali appena incollate.

"Ti chiamerò Mariposa, la bottiglia senza posa" pensò il bambino. Poi, se ne andò a dormire.

Il giorno dopo Lorenzo si svegliò, e non si meravigliò molto di non trovare più Mariposa.

"Vola, vola, Mariposa, vai a raccontare a tutti la tua storia" le augurò nella sua mente, felice.

Il giorno dopo, nel grigio cielo di Scaricopoli, videro volare uno strano oggetto colorato. Era Mariposa che andò a posarsi sul cassonetto della plastica riciclata che era sempre vuoto perché nessuno voleva scomodarsi ad arrivare fin lì per differenziare la spazzatura.

Mariposa si fermò e disse a gran voce: «Per favore, mettete qui le vostre bottiglie di plastica vuote. Vedete, una bottiglia abbandonata è solo un rifiuto, sporco e inutile. Una bottiglia riciclata, invece, può avere ancora una lunga vita, e chissà, magari gli può capitare di diventare una bellissima farfalla».

***

"Bello…" pensò Ilai riemergendo dalla lettura.

Immaginava le bottiglie volare, le farfalle che lui aveva visto solo in vecchie immagini al computer.

"Doveva essere un posto straordinario, la Terra. Chissà perché gli esseri umani hanno scelto di vivere come noi, in queste città asfissiate dallo smog, senza colori, senza luce, senza farfalle, né boschi in cui andare a fare un picnic. Come sarebbe bello riavere tutto questo."

All'improvviso Ilai si ricordò di Mary Jane, delle fotografie, di tutto quanto aveva lasciato prima di immergersi nella lettura e nelle sue fantasticherie.

Il cicalino di avviso della cena li fece fuggire via: avrebbero atteso la risposta di Coda Grigia alle loro fotografie, non fecero in tempo a dirselo ma, per il momento, non c'era altro da fare.

Capitolo IV

La vita e La morte

Rientrarono nei loro rispettivi appartamenti appena in tempo per ricevere la cena dall'erogatore. Con la scoperta del nuovo reperto, il loro lavoro diventava via via più interessante: cos'altro avrebbero ritrovato? E come potevano capire e custodire tutto quanto era racchiuso nelle viscere della Città di Sotto?

Ilai sembrava molto più avanti di Mary Jane nella comprensione del messaggio che quell'antica città sembrava racchiudere.

Il cicalino dell'avviso di chiamata irruppe nei pensieri della ragazzina facendola sobbalzare: era un avviso CIPRIA, senza alcun dubbio. I cittadini non erano abituati a parlare tra loro privatamente; non che fosse proprio proibito, ma non c'erano linee telefoniche abilitate ad erogare quel servizio. La gente non aveva niente da dirsi, nessun problema che non potesse essere risolto con i congegni elettronici in dotazione ad ogni appartamento: robot, computer dotati di App per gestire qualunque evenienza, palmari con i numeri interni di ogni genere di uffici e servizi pubblici. Erano abituati, parlavano solo se interrogati.

Mary Jane non si decideva ad aprire il messaggio. Il cicalino continuava a squillare: lo avrebbe fatto fino a quando lei non avesse aperto e inviato una conferma di avvenuta lettura. Si decise, per sottrarsi a quel sibilo infernale.

Era una convocazione. L'elicotterino sarebbe passato a prenderla il mattino seguente alle ore 8.05.

Il cicalino cessò, ma nella testa di Mary Jane continuavano ad affollarsi mille domande: cosa le avrebbero chiesto, Ilai era stato a sua volta convocato, cosa stava succedendo, cosa le sfuggiva?

Quella notte non riuscì a dormire, nemmeno nella sua amaca, frutto del compito di archeologia industriale e che - lei non lo sapeva - simulava il dondolio di una culla; nemmeno lì riuscì ad addormentarsi. Il cicalino di avviso dell'erogatore della colazione le comunicò che era quasi ora di andare. Sbrigò le formalità del mattino il più diligentemente possibile e alle 8.04 uscì in strada ad attendere l'elicotterino. Quando arrivò notò che Ilai era già seduto nel velivolo: respirò di sollievo.

Furono, di lì a poco, al cospetto di Tizio Grigio con coda, lo stesso della volta precedente.

«Tu» disse, appena li ebbe entrambi seduti sugli sgabelli. I convenevoli non erano davvero il suo forte. Ilai annuì, come per dire: "Spara".

Tizio Grigio lo guardò per un attimo prima di comporre la domanda con la sua voce monocorde e metallica: «Hai fotografato tutto il contenuto del sito archeologico?».

Mary Jane deglutì. Ilai, calmissimo, rispose: «No, signore, ho fotografato solo quanto già completamente ripulito, ma se vuole le invierò le immagini di tutto il sito senza omettere nulla».

Mary Jane deglutì ancora.

«Tu. Ha detto la verità ?»

«Sì, signore, anche le mie foto sono state scattate con lo stesso criterio. Se vuole, le invierò anche le immagini della parte di cui mi sto occupando, anche se ancora non completamente ripulita.»

Mary Jane lo aveva detto d'un fiato.

Coda Grigia li scrutava. Forse non stavano mentendo, non avrebbero osato tanto… ma che avevano di diverso dagli altri, quei due ragazzini? I loro occhi erano accesi, cos'era quella luce? Non ci capiva niente, ma se fosse andato dai suoi superiori a dire che due cittadini avevano una luce sospetta negli occhi, lo avrebbero rinchiuso subito negli ospedali di decontaminazione, riservati ai dignitari fuori controllo. Tremò fin dentro la lunga coda che gli pendeva grigia e inerte sulle spalle. In realtà non sapeva precisamente cosa accadesse in quei posti, ma non ci teneva proprio a scoprirlo.

Li congedò, intimandogli di realizzare un report completo di tutto il sito, senza tralasciare nulla.

Immediatamente: tempo massimo 4 ore e 30 secondi. Coda Grigia amava la precisione.

L'elicotterino condusse i due ragazzi atterriti davanti alla grata di accesso alla Città di Sotto.

Appena si sentirono al sicuro cominciarono a parlare.

«Mary Jane, quel tizio è terribile, hai visto come ci guardava? Ho sbagliato qualcosa, dimmi…»

«Tranquillo Ilai, non hai sbagliato niente, cerchiamo di mantenere la calma e inventiamoci qualcosa.»

«Facciamo le foto e poi le ritocchiamo, togliamo i colori, le incliniamo un po', le spezzettiamo…»

«Ilai, se ne accorgerebbero, dimentichi che sono tutti esperti informatici.»

«Proponi tu allora, io non riesco a pensare ad altro.»

Mary Jane si lasciò cadere sul cuscino di broccato. Si prese la testa tra le mani e lasciò la sua mente vagare. Ilai si sedette sul pavimento, di fronte a lei. Aveva una grande ammirazione per l'acuta mente di Mary Jane. Era una bambina prodigio, sicuramente si sarebbe fatta venire un'idea geniale, capace di tirarli fuori dai guai.

I minuti passavano e Mary Jane rimaneva immobile con la testa tra le mani. Ilai decise di leggere qualcosa dal diario della maestra, per distrarsi e non pensare a tutto quello che sarebbe successo se non fossero riusciti a tirarsi fuori dai guai.

Intanto, chiuso nel suo ufficio, Coda Grigia pensava.

La luce che aveva intravisto nello sguardo dei due custodi della Città di Sotto lo disturbava. Era stato fatto molto negli ultimi vent'anni per riportare quella città a un modo di vivere ordinato e pacifico. Ci avevano provato per milioni di anni a ottenere quel risultato, ma si erano solo avvicendate ideologie, partiti, leader, religioni, e perfino asceti e santoni, mistici, filosofi, e addirittura cantanti o fondatori di nuovi ordini religiosi, Cristo, Budda, Allah, rapper, imbroglioni, una congerie di sacro e profano, una fila lunga quanto lo strascico del tempo, con il suo mantello scuro a

coprire ragioni e fallimenti, ambizioni e sogni, speranze e frodi.
Tanti avevano provato a sistemare le faccende del pianeta in modo tale che ciascuno potesse vivere senza troppe complicazioni: la fame, la malattia, la guerra, le persecuzioni ideologiche, per non parlare delle guerre di religione: come si poteva ammazzare la gente in nome di un dio? Questa cosa qui, lui, studioso a suo tempo di storia e antropologia, non l'aveva mai capita.
Poi era arrivato il PIC e con lui il Leader, grande statista e uomo di raffinata intelligenza. Avevano conquistato il mondo alle loro ragioni, anzi, le loro ragioni avevano conquistato il mondo: una vita scandita, diretta come una grande orchestra, ciascuno al suo posto, con il suo strumento perfettamente accordato su di un invisibile La comune. Via tutti gli eccessi: l'individualità, i sogni, i primi, gli ultimi, la competizione, tutti corpi spaiati tra loro, a correre una corsa solitaria che prevedeva, nei casi più estremi, l'eliminazione fisica dell'altro, nemico in quanto altro da sé, ostacolo al raggiungimento di un senso di grandezza fine a se stesso.
L'uguaglianza è la vera democrazia.
Avevano sognato quel mondo prima di realizzarlo, avevano immaginato uomini e donne vestiti allo stesso modo, pettinati allo stesso modo, a svolgere un enorme lavoro collettivo per mantenere in vita un apparato tecnologico portentoso, in grado di sconfiggere le malattie, la fame, la povertà, la vecchiaia, e tenere lontana la morte il più a lungo possibile. Quando avevano chiesto al popolo di quella e altre nazioni se, in cambio di tanta pace e uguaglianza, erano disposti a rinunciare alle loro vite libere ma affannate a sopravvivere, sempre in lotta con la solitudine, avere pochi soldi, avere troppi soldi, troppo lavoro o disoccupazione, tradimenti, figli da far crescere, scalata sociale, dolore in tutte le sue numerose versioni, pochi, veramente pochi, un'esigua trascurabile minoranza, si era opposta a quel meraviglioso disegno. Poi, piano piano, si erano abituati.
Era quella la vera forza dell'organizzazione politico-sociale vigente: l'abitudine. E proprio ora che tutto filava liscio da un po' di anni, ecco la cellula impazzita, il cancro inatteso, l'evento morboso, la falla, il verme nella pancia del leone, il chicco

di sabbia nel possente ingranaggio.
Coda Grigia era lungimirante, aveva l'animo del secondino, capace di prevedere la rivolta in un giorno di pace, capace di vedere il riaccendersi della luce negli occhi di due umani che, ci avrebbe scommesso, erano già fuori controllo.

***

Sveva

Caro diario, è inverno, fuori dalle finestre e dentro di noi c'è lo stesso gelo. Il padre di una bambina della classe, Sveva, improvvisamente si è ammalato ed è morto.
Ho proposto di andare assieme al funerale. Sono stati tutti d'accordo: bambini, genitori, preside. È stato un giorno malinconico.
Ci siamo dati appuntamento per le dieci, sotto casa della bambina. Dino e Bea sono arrivati presto, erano già davanti al portone mentre i loro genitori ancora s'indaffaravano a parcheggiare. C'era il sole ieri mattina. Il portone del palazzo era deserto. Dino e Bea stavano vicini. Li sentivo mormorare la frase del loro gioco preferito: "Da qui, vedo una cosa bellissima…".
Ho cominciato a immaginare e a ricostruire tutto quanto è poi accaduto tra di loro, anche grazie ai racconti dettagliati che ho chiesto ed ottenuto in forma di diario.
Dev'essere andata più o meno così…

"… vedo tanti fiori colorati…"
"… vedo una signora che passa e si fa il segno della croce…"
"… vedo un signore anziano che si toglie il cappello…"
"… vedo due donne che si abbracciano…"
"… vedo un banchetto ricoperto da un panno di velluto viola…"
"… vedo che arrivano persone, sembrano formiche, hanno tutti la testa nera…"
"… vedo una bara che sale le scale, sembra un mostro con dodici gambe…"

"… un mostro addormentato con la bocca chiusa che tra poco si aprirà e ingoierà il padre di Sveva…"
"… vedo le formiche silenziose…"
" … vedo qualche fazzoletto di carta spuntare dalle borse…"
"… vedo i fazzoletti bianchi e mi sembrano calle che bevono dagli occhi delle persone…"
"…vedo due bambini che giocano a trovare cose bellissime in un funerale…"
Bea guardò Dino, che la faceva sempre atterrare bruscamente, senza paracadute. La riportava indietro da tutti i loro viaggi immaginari.
Bea scopriva sempre nuove rotte su cui dirottare le loro vite dall'ordinario a un invisibile fantastico.
Dino invece apparteneva solo al mondo che transitava nei suoi sensi e accettava di volare altrove solo se al volante della loro immaginazione c'era lei, Bea.
«Ecco Sveva.» Dino si mosse per andarle incontro.
Sveva, accanto alla mamma, scendeva piano le scale, dietro la bara del padre che era appena uscita dal portone e una striscia di luce l'aveva ricoperta come un drappo caldo.
Dino e Bea abbracciarono Sveva e la mamma la incoraggiò ad andare con loro.
Sveva era alta per la sua età. Faceva pensare a una giovane donna andalusa con quello sguardo scuro e i capelli neri, dritti e lunghi sulle spalle, senza ornamento alcuno. Camminava eretta, sovrastando i suoi due amici; ogni tanto si girava a guardare la madre: c'era qualcosa di materno anche nel suo sguardo scuro come un remoto abisso marino.
Il sole allungava la sua ombra sul corteo, tutto era stranamente immobile eppure in movimento. La gravità di quella carovana cha procedeva come rapita in una visione, ben presto sgravò del suo peso la strada di fronte al portone. In quel luogo, la vita ricomparve istantanea dall'asfalto al cielo: i negozianti rialzarono le saracinesche, il traffico riprese a scorrere, l'aria ad intiepidirsi sotto il sole primaverile. C'era il sole, anche quel giorno.

Sveva se ne andò a casa di Bea quel pomeriggio. Andarono a fare una passeggiata nei campi. C'era un tepore dolce nell'aria. Le ragazzine si tolsero le felpe e le annodarono alla vita. Erano diverse. Bea, bionda e sottile, indossava un vestito a fiori gialli e blu e un cerchietto prugna nei capelli. Era una bambina, assorta e profonda come a volte sono i bambini.
Sveva era scura. Il chiaroscuro. Il negativo del candore visionario di Bea. Jeans, camicia azzurra con il colletto rigido e felpa blu: Sveva. Quel pomeriggio doveva imparare la morte. Nessuno aveva saputo spiegarle bene cos'era. Perché accadeva.
«Nessuno ci capisce niente» aveva concluso.
«Tu hai mai visto morire qualcuno?» chiese Sveva all'improvviso.
«Sì. Un albero» rispose Bea stringendo il nodo della sua felpa: si era allentato.
«Un albero?» Le sfuggì un sorriso.
«Sì. Tu hai mai visto morire un albero?»
«No, figurati. O forse sì. In città ogni tanto ne sparisce qualcuno, ma io non sono stata mai presente Racconta.»
«Poi… racconterai anche tu?» Non la guardava, provava un nuovo pudore nei confronti di Sveva, quell'esperienza l'aveva resa diversa ai suoi occhi.
«Sì, dai. Non la facciamo tanto lunga.» Sveva era tagliente, quanto Bea era leggera nel toccare la vita degli altri.
«L'anno scorso hanno abbattuto il platano di fronte casa mia. L'avevano piantato quando è nato mio padre. Aveva quarantadue anni, come lui.»
«Perché l'hanno tagliato? A chi dava fastidio?»
«A nessuno. Era malato.»
«Anche gli alberi si ammalano...» L'aveva detto a se stessa, ma Bea capì a cosa stava pensando. Avrebbe voluto abbracciarla, però Sveva le metteva soggezione. Si limitò ad aspettare che fosse lei a chiederle di continuare; aspettò che Sveva avesse il tempo di riprendere fiato dopo quell'immersione fulminea nei suoi ricordi.
«…l'albero si ammalò. Poi?»
«Un giorno mio padre mi disse che lo dovevano abbattere, non mi ricordo nemmeno

più perché, ma insomma quella cosa bisognava farla.

Vennero di mattino presto. Il rumore era molto forte. Finché ce la fa, l'albero rimane dritto anche se gli hanno segato una parte del tronco, sembra un fenicottero in equilibrio su di un solo piede. Poi senti il primo schianto, comincia a cedere, a incrinarsi. Lo fa pianissimo, come se non ci credesse che gli stanno facendo quella cosa terribile. Poi arrivano il secondo, il terzo crack: si spezza tante volte prima di crollare. Quando crolla al suolo è un tonfo terribile. A vederlo così da vicino, quando è disteso a terra, sembra veramente un gigante. Sembra che respiri ma è solo un'illusione, è solo il vento che inciampa nella sua chioma.»

Alzò gli occhi su Sveva come se solo in quel momento si ricordasse di lei, di quel giorno, di quel luogo. Aveva raccontato come in trance. Sveva piangeva.

«Scusami. Non volevo.»

«Niente. Cos'è rimasto di quel platano?»

«Solo un pezzo del tronco. Vuoi vederlo?»

«Sì.»

Ci andarono. Si sedettero su quel troco mutilato, una strana familiarità da sopravvissuti li univa.

Tornarono a casa di Bea che era pomeriggio inoltrato. Sveva chiese di poter rimanere lì a dormire.

Trascorsero parte di quella notte a scrivere una storia. La intitolarono *Il respiro dell'albero*.

La lessero in classe, dopo qualche giorno.

***

Mary Jane era ancora meditabonda, aveva solo cambiato un po' la sua posizione. Con il mento appoggiato su di una mano, fissava qualcosa che vedeva solo lei. Chissà quale complesso piano stava architettando, un piano in cui, sicuramente, la tecnologia avrebbe avuto un ruolo fondamentale. D'altra parte, aveva vinto più volte il premio

“Technological Inventions Monstrous Youth Field”.

«Ho trovato, Ilai» disse finalmente emergendo all’improvviso dalla sua lunga meditazione.

«Evviva! Lo sapevo che la tua mostruosa mente tecnologica avrebbe…»

«No, niente tecnologia.»

«Cosa?»

«Ho detto niente tecnologia. Non questa volta.»

«E allora cosa, Mary Jane?»

«Fiabe. Ci tireremo fuori dai pasticci usando le fiabe.»

Dopo poco le foto furono pronte e spedite.

Il cicalino di avviso ricezione posta lo avvisò che stavano arrivando le fotografie dei ragazzi: ne era sicuro, non aspettava altra corrispondenza, non gliene arrivava altra che non aspettasse.

Coda Grigia sorrise senza averne l’intenzione, sembrò una smorfia riuscita male quel distendersi rapido delle labbra. Era sicuro di un’altra cosa: quello che avrebbe visto non corrispondeva a ciò che veramente stava accadendo laggiù.

«Ecco. Le ho spedite.»

«Credi che funzionerà, Mary Jane?»

«Lo spero, ma ovviamente non ne sono sicura.»

«Tra quanto tempo credi che avremo la risposta?»

«Se Topo Grigio si convince che è tutto a posto, potremo anche non sentirlo per un po’.»

«Come lo hai chiamato?»

«Topo Grigio.»

«Carino… quante cose sono cambiate, eh, Mary Jane? Non ci saremmo mai sognati di prendere in giro un dignitario prima di…»

«Ho voglia di leggere una bella storia» tagliò corto la ragazzina. «Dai, prendi il libro proibito.»

«Eccolo. Oggi invece di lavorare leggiamo.»

«Sì, anche perché potrebbe essere l'ultima volta che possiamo farlo.»

«Hai paura, Mary Jane?»

«Ho paura per te.»

«Per me? Che vuoi dire?»

«Tu non sei un tipo tosto come me, se ti torturassero…»

«Credi che ci tortureranno?»

«Ah ah! Lo vedi, sei un fifone! Leggiamo dai, anzi leggi tu, che hai una bella voce.»

«E va bene allora, chiudi quella bocca velenosa e lasciami leggere.»

***

Topo Grigio stava guardando le foto appena ricevute. Mary Jane le aveva prese nei libri di fiabe: immagini di orchi mostruosi, streghe, principesse e draghi, vecchi castelli diroccati, tavole imbandite e abbandonate all'improvviso per qualche incantesimo malevolo di streghe suscettibili e colleriche. Aveva ritoccato le immagini in modo tale da farle sembrare statue poste a guardia della città sotterranea, macerie di vecchie costruzioni, aveva insomma ricostruito una fantomatica città delle fiabe, nella speranza che Topo Grigio non se le ricordasse, le fiabe, o semplicemente che quelle immagini gli sembrassero plausibili vestigia di un vecchio mondo non meglio identificato e di nessuna importanza per lui e per chi rappresentava.

Gli occhi del dignitario erano diventati due fessure. La collera gli faceva tremare le ciglia, un rapido flusso di energia sembrava scaricare la sua forza su quell'appena percettibile sommovimento. Era furioso, non era abituato a sentirsi così, e questo lo incolleriva ancora di più. Aveva i suoi metodi per capire se un'immagine virtuale era falsa, aveva l'occhio allenato come un critico d'arte d'altri tempi in grado di valutare, anche solo dall'osservazione del colore e della luce, l'autenticità di un antico dipinto. Il suo primo istinto fu di convocare immediatamente i due falsari per smascherare il

loro misero tentativo di depistarlo: ma da cosa? Cosa volevano che lui non guardasse, cosa stava veramente accadendo laggiù?
Doveva essere qualcosa di molto pericoloso. Doveva vederlo con i suoi occhi, ma senza essere visto, voleva conoscere questo nemico senza intermediari, viso a viso. Doveva andare laggiù di nascosto, ma prima doveva rassicurare i due traditori. Sì, ormai ne era sicuro, erano solo dei traditori, e bisognava farli sentire al sicuro per tendergli una trappola. Inviò un messaggio di congratulazioni per il lavoro svolto, un messaggio opportunamente formale.
"Ottimo lavoro. Attendo fine attività di ripristino per visita del sito archeologico."
Sarebbe andato laggiù il giorno dopo, quando i due erano a scuola, anzi no, voleva vederli all'opera, voleva capire che rapporto avevano con quella COSA. Sarebbe andato laggiù poco dopo l'ingresso al sito dei due, tabellato nella sua agenda di supervisione per le ore 14.05 del giorno dopo. Soddisfatto, cliccò per inviare il messaggio e, con la solita smorfia a labbra strette, rimase in attesa della risposta.

Il messaggio arrivò un attimo dopo sui palmari dei ragazzi. Ilai era felice, non riusciva a stare fermo, continuava a congratularsi con Mary Jane, a proporre di avviare immediatamente un'ulteriore esplorazione di quel luogo, avevano ancora mezz'ora di tempo prima di dover correre a casa all'erogatore per ricevere e consumare la loro cena marrone.
Mary Jane non parlava, continuava a guardare il messaggio come se contenesse un codice segreto e lei stesse cercando un varco da cui potervi accedere. Guardò Ilai e decise di non guastare la sua gioia con i sospetti che la turbavano. Era stanca, aveva bisogno di pensare, per questo propose:
«Ilai, abbiamo poco tempo, leggiamo ancora qualcosa e poi torniamo a casa. Continueremo domani l'esplorazione, che ne dici?»
«Va bene, d'accordo. Stai bene, Mary Jane?»
«Ma certo, dai sbrigati.»

Capitolo V

Migranti ed esuli

Pioveva, quel giorno.

Una pioggia spessa e pesante che veniva giù ininterrottamente dalla notte prima di quell'alba livida. Grosse gocce ingrigite dallo smog di cui si andavano a sporcare cadendo, precipitavano dal plumbeo volto immobile del cielo, che sembrava quello di un vecchio, raggrinzito da rughe immobili e profonde.

Era un giorno speciale per la Città di Sopra. C'era la parata, quel giorno.

Era il 15 ottobre 3028.

Alla parata partecipavano tutti i cittadini, i dignitari, e tutti, proprio tutti gli abitanti della città. Il lungo corteo si snodava dalla piazza principale, dove la folla si era raccolta sin dal mattino presto, fino al Palazzo delle Cose Pubbliche, formato da un grattacielo centrale attorno al quale sorgeva una cintura di dieci costruzioni, comunque gigantesche ma più piccole, dello stesso alluminio placato argento con lamiere stirate per le facciate esterne. Le finestre erano rese cieche da drappi neri che le rendevano orbe della poca luce livida che riusciva a perforare il manto di smog.

Non un suono, non un'ombra, non un sia pure insignificante indizio di vita promanava dai dieci giganti gemelli. Ma, al loro interno, ferveva un'attività incessante, per lo più affidata a macchine di ogni genere.

I pochi esseri umani che le governavano erano talmente assorti nei loro misteriosi compiti da non sembrare più vivi delle macchine che, sommessamente, ininterrottamente, continuavano a ronzare come un alveare di metallo e vetro. Le dieci costruzioni, minacciose nella luce spettrale dell'alba, racchiudevano dieci cervelli elettronici capaci di controllare altrettante vitali funzioni di quell'enorme corpo cibernetico: la fede nel sistema e i cittadini fuori controllo; la scuola;

l'alimentazione; i rapporti con altri mondi; le nascite e il ripopolamento; e cinque altre oscure funzioni legate probabilmente al reclutamento e alla formazione degli uomini e delle donne al diretto servizio dello Stato.
Nell'obelisco centrale vivevano il Leader e il suo staff nei brevi periodi di soggiorno nella Città di Sopra; in loro assenza, il mausoleo si ergeva imperioso dalla terra verso il cielo a ricordare a tutti la grandezza di colui a cui apparteneva e per il quale era stato costruito. I cittadini arrivavano di buon mattino nella speranza di poter camminare nelle prime file, formate rigorosamente di quaranta persone ciascuna. La loro massima ambizione era poter guardare, una volta giunti al palchetto delle autorità allestito dall'altra parte della città, il volto dei dignitari che catturavano l'attenzione della folla con quelle loro voci piatte ma dotate di una convinzione ipnotica, capace di circolare nel sangue dei cittadini per un anno intero e alimentare, con la sua speciale linfa, l'orgoglio di quella gente di appartenere a un siffatto mondo.
L'ordine di mettersi in fila arrivò alle ore 9.04 precise, come sempre. Erano abituati. Ogni volta che una fila raggiungeva il numero di quaranta unità, da qualche parte arrivava una voce metallica che intimava "STOP!" Si procedeva così alla composizione della seconda fila, e così via.
Mary Jane e Ilai riuscirono a entrare nella quinta fila, senza particolare entusiasmo. L'estenuante formazione dell'intero schieramento durò quasi due ore, ma nessuno se ne lamentava. Erano abituati.
Il segnale del "VIA", comunque, qualche smorzato sospiro di sollievo riuscì a sollevarlo. S'incamminarono.
Procedevano lentamente, affiancati, ma incuranti l'uno dell'altro; sembravano creature lunari immerse nei loro involucri grigi e assorbite dai loro remotissimi pensieri, precipitati molto lontano dagli occhi, dagli sguardi senza parole. Sembravano ciechi per l'opacità vitrea con cui guardavano davanti a sé, marciando verso un'unica direzione come falene attratte dalla luna.
Coda Grigia era da poco arrivato al palchetto dei dignitari. Era al suo posto, a destra

del Leader, a cinque posti da lui. Una precisa e complicata gerarchia lo aveva destinato a quella posizione che appariva più che onorevole. Si sentiva molto potente e quella mattina, grazie al suo segreto, si sentiva ancora più abile e invincibile.
Il segreto della Città di Sotto, il complotto che la riguardava, il pericolo grazie a lui identificato con una tempestività difficile da superare, lo rendeva particolarmente fiero di se stesso. Forse per questo, ogni tanto, tracimava dal suo volto impassibile quel rivolo di orgoglio che finiva per corrugargli leggermente le labbra in una specie di sorriso.
Ilai e Mary Jane marciavano come gli altri, ma erano molto diversi da loro. Se Coda Grigia li avesse visti in quel momento, vicini, con quella luce che ne illuminava sempre più lo sguardo, se avesse potuto ammirare quella trasformazione, ne sarebbe rimasto sbigottito, come forse i primi uomini davanti alla forza della natura, allo scrosciare della pioggia, al divampare del fuoco da una scintilla, al tuonare possente di un vulcano prima dello zampillare incandescente della lava. Per fortuna era lontano, perso nelle sue congetture, anticamere di grandezza e potere. A lui i ragazzi non interessavano, altri avrebbero avuto il compito di occuparsene, a lui spettava solo il dovere di smascherare le loro trame e denunciarli.
La prima fila della folla era arrivata davanti al palchetto, le ultime file si sarebbero accontentate di seguire la cerimonia proiettata su schermi giganti, la seconda piazza della Città di Sopra non poteva contenere tutte quelle persone.
Parlarono i dignitari dei vari distretti. Parlarono i responsabili della Vigilanza Notturna, Diurna, Telematica.
Parlarono a una folla sopita, immobile, incurante della stanchezza che pure doveva sentire, visto il tempo ormai trascorso in piedi.
E alla fine parlò lui, il Leader. Come emersi da un lungo letargo, in un guizzo assolutamente inatteso di vita e di entusiasmo, i cittadini tributarono al loro capo il plauso dovuto. Poi si spensero, come falene ingannate dalla luce artificiale. Alla fine di quell'irripetibile discorso, si girarono, a un cenno del capo, simultaneamente e, come un'enorme onda che all'improvviso emerge all'orizzonte e comincia a

camminare verso la riva avvolgendosi su se stessa, se ne tornarono a casa: l'erogatore li attendeva per il pranzo giallo, preparato per l'occasione.

Ilai e Mary Jane poterono recarsi solo nel pomeriggio inoltrato alla Città di Sotto, ormai esausti per la lunga mattinata trascorsa in piedi. Andarono direttamente al cuscino di broccato, come due assetati che corrono a una fontana gorgogliante, pronta ad accogliere i due viandanti in cerca di emozioni terse e rinfrescanti dopo tanto opaco clamore.
Il libro proibito era lì, aperto, come in attesa.

Ottobre 2014

Caro diario, ho sentito al telegiornale dell'ennesima strage di migranti.
Assieme ai corpi, sul mare, sono stati ritrovati dei pezzi di carta, lettere presumibilmente, che questi disperati scrivevano ai loro cari e poi ricoprivano con involucri di plastica e se li appendevano al collo, nella speranza che fossero ritrovati e consegnati ai loro destinatari.
“Mio adorato amore, per favore non morire, ce l'ho quasi fatta. Dopo mesi e giorni di viaggio sono arrivato in Libia. Domani mi imbarco per l'Italia. Che Allah mi protegga. Quello che ho fatto, l'ho fatto per sopravvivere. Se mi salverò, ti prometto che farò tutto quello che mi è possibile per trovare un lavoro e farti venire in Europa da me. Se leggerai questa lettera, io sarò salvo e noi avremo un futuro. Ti amo, tuo per sempre Samir”.
Samir, Egiziano di 20 anni, cadavere a Pozzallo.
Aveva questa lettera appesa al collo, in una busta di plastica sigillata, che è stata tradotta dalle autorità italiane.
Purtroppo, lui non ce l'ha fatta e non ha potuto spedire questa lettera.
Addio Samir.
Sicuramente domani i bambini mi chiederanno spiegazioni, purtroppo sono stata io a

insegnar loro a guardare il telegiornale.
Le lettere ritrovate in mare, scritte dai migranti, sottraggono da questa tragedia qualcuno ai numeri astratti, senza volto, senza un nome, e permettono un'empatia dolorosa, violenta, con quegli uomini e quelle donne che scrivevano come chiunque di noi fa anche nella sua tranquilla quotidianità "Non mi dimenticare. Ti amo tantissimo", "Se ce la faccio, vengo a prenderti perché io voglio vivere per sempre con te".
Per giorni e giorni, ci ho pensato e ripensato.
Ho scritto una fiaba, insolita perché non ha il lieto fine. Un piccolo atto rivoluzionario di resistenza umana.
Dedicato ai miei bambini.

Lettere in mare

Alle prime luci dell'alba, il mare si srotolò pigramente, lasciando scivolare il primo sbadiglio di quel nuovo giorno dentro una lunga scia di onde schiumose. Leggere increspature, avanzi del sonno dell'Immenso Azzurro appena destatosi.
Intanto, in un punto degli abissi profondi di quel liquido corpo smisurato, il Polpo Gendarme guizzava rapido, non si voltava a salutare nessuno, dava una spinta, sicuramente involontaria, alla maestra Trigliona che si stava recando al suo lavoro, nella grotta scuola che si trovava a pochi liquidometri da lì. Aveva fretta, era evidente.
Si fermò davanti all'anfratto della gendarmeria. Bussò. Lo fecero entrare due dentici soldati che erano ancora al turno di guardia. Il comandante in capo della suddetta postazione, la Grande Medusa, lo accolse con il solito: «E ti pareva che non arrivavi tu a prima mattina? Che hai visto stavolta? Il mostro di *Locknesse*?». La signora aveva un forte accento siciliano che conferiva una naturale ironia alle sue parole.
«Buongiorno Grande Medusa. Se permette vorrei conferire urgentemente con lei.»

«Conferisci, conferisci, intanto io mi bevo un caffettuccio: lo vuoi pure tu?»
«No, grazie. Sono in servizio.»
«Oh, mio Nettuno! Mica ti ho offerto l'amaro del Capo, quello me lo bevo io se permetti. Comunque. Conferisci, così ci togliamo il pensiero.»
«Continuano a cadere, e ognuna che si spegne oscura un po' di più il cielo.» Era un polpo poeta.
«Non ho capito niente. Ripeti. Facile facile per favore.»
«Signora è successo di nuovo, stanotte. Sono cadute centinaia di stelle presso l'atollo 45. Nella nostra giurisdizione.»
«Ah. Sono morte?»
«Tutte. Spente.»
«Mi dispiace. Ma noi che ci possiamo fare?»
«Grande Medusa, dobbiamo svolgere un'accurata indagine, sui motivi e le cause…»
«Sono la stessa cosa…» disse la signora, rimandando l'attimo in cui avrebbe bevuto il primo sorso del suo caffè, appena arrivato dal "Bar sotto il Mare".
«Che cosa?»
«I motivi e le cause. Me lo fai prendere 'sto caffè?»
«Signora Medusa, dobbiamo avvisare le autorità del Cielo di quanto accade da un po' di tempo a questa parte: perché cadono e muoiono così tante stelle? Cosa accade lassù? Voglio scoprirlo ad ogni costo!»
«Bravo, fai un'accurata indagine e poi me lo fai sapere pure a me, va bene? E salutami il Sole e la Luna che è un po' di tempo che non ci sentiamo.»
«Il Sole e la Luna? Davvero li conosce personalmente?»
«Certo. C'ho cresimato la figlia.»
«La figlia?»
«Sì, la Costellazione dei Fessi. Ma credi a tutto tu! Vattene mò che tengo da fare, e lascia stare le stelle, ce ne stanno tante. Forse troppe, e le buttano per fare spazio oppure si suicidano perché a stare sempre appese si ferma la circolazione e impazziscono. Ma che ne so.» E, così dicendo, riprese a sorseggiare il suo caffè

voltandosi di spalle, segno inequivocabile che la conversazione era finita.

Il Polpo Gendarme, afflitto, lasciò l'ufficio della gendarmeria.

Nei giorni che seguirono tentò di rassegnarsi, di fare il suo lavoro abituale: piccole multe per spruzzi e schiamazzi notturni, qualche arresto per predazione eccessiva. Insomma, pesci caciaroni, qualche abbuffata di troppo.

Il suo pensiero non era lì. Lui pensava a quelle stelle che, di notte, continuavano copiosamente a cadere e a morire da sole. I loro parenti di lassù erano troppo lontani per occuparsene, mentre i pesci, dopo un po', si erano abituati e non ci facevano più caso.

Passavano i giorni, le stelle continuavano a cadere e il polpo diventava sempre più silenzioso. Il suo capo, la signora Medusa, lo teneva d'occhio. Le dispiaceva, in fondo, vederlo così. Era un buon polpo, un animo sensibile. Questo pensava di lui.

Un giorno lo convocò e gli disse: «Senti un po': hai ancora voglia di parlare con le autorità celesti?».

Vide una scintilla balenare nella notte degli occhi scuri del gendarme.

«Ne hai ancora voglia?» ripeté la Medusa, sorseggiando il suo primo caffè della giornata. Ma non ottenne risposta.

«Oh, lo sai mantenere un segreto?»

«Certo signora!» esclamò il polpo scattando sull'attenti.

«Riposo. Siediti e pigliati pure tu qualche cosa, pallido mi diventasti, pari tu la medusa e io il polpo.»

«Non prendo niente…»

«… quando sono in servizio. Bravo, bravo... Vabbe', statti zitto e apri le orecchie che una cosa segretissima ti devo dire; te la dico perché mi fai un po' pena e perché sei un bravo polipotto, rispettoso, educato e pure coscienzioso. Allora. Io tengo un amico che ti può aiutare ad andare dove vuoi andare: mi capisti?»

«No...»

«E lo sapevo. Dalla A alla Zeta ti devo spiegare. Il mio amico è un sommozzatore, un uomo, sissignore. Un giorno mi fece un favore e io non me lo sono dimenticato. Così, quando ne ha chiesto uno a me, ho ricambiato, come si fa tra uomini e pesci d'onore. Mi segui?»

«Sissignora, posso ripetere se vuole.»

«E ti sembro la maestra Trigliona io? Allora. Quest'uomo mi chiese un favore, voleva imparare la nostra lingua. Gliel'ho insegnata io personalmente. Una fatica. Ma ne è valsa la pena. Adesso ci capiamo. Ho deciso che gli parlerò del tuo caso e vediamo che si può fare.»

«Grazie signora, io non so come…»

«Lascia stare. Vai a lavorare tranquillo, ti chiamerò io a cose fatte.»

I giorni passavano e il bravo gendarme attendeva sereno la chiamata del suo capo. Si fidava di lei, non era una che chiacchierava per dare acqua alla bocca.

Le stelle, intanto, continuavano a cadere. Il Sindaco Orata aveva disposto che una squadra di anguille spazzine ne rimuovesse le salme. Ma dove le portavano? Gendarme non aveva il coraggio di chiederlo. Povere stelle, seppellite così lontano da casa, in un luogo sconosciuto, senza nemmeno un nome per riconoscerle. Il Polpo Gendarme non si dava pace. Anche la sera, quando tornava alla sua grotta solitaria, con quella corona di sassolini bianchi sull'uscio e pezzi di coccio e ghiaia bianca ad arredare l'interno, anche quando era finalmente a casa, continuava a pensarci: "Ma perché muoiono così tante stelle?" e si addormentava esausto con il capo appoggiato sui tentacoli.

Quel giorno, lo venne a chiamare il Gendarme Sogliola, magro magro, un po' nervoso. Si era sposato da appena due giorni, forse per questo era così elettrico, gli era avanzata un po' di emozione.

«Gendarme Polpo! Gendarme Polpo!»

«Gendarme Sogliola, perché urli così tanto? Sono ancora sull'uscio di casa, dammi almeno il tempo di chiudere la grotta. Che succede?»

«Devi venire subito, immediatamente ha detto.»

«Chi?»

«Subito, capisci? Subito, muoviti, ti devo accompagnare.»

«Dove?»

«Chi? Dove? Ti sbrighi? Dalla Grande Medusa, lo sai che non ama aspettare.»

Il Polpo Gendarme ebbe una strizzatina al cuore, un'angina di speranzosa gioia.

«Ti presento Mister Patrik.»

«Piacere.» L'uomo annuì. Tra tuta, maschera, boccaglio e bombola, si vedeva poco. Solo gli occhi, e a Polpo Gendarme quegli occhi piacquero.

Mister Patrik e Grande Medusa comunicavano disegnando e scrivendo strani segni su grossi fogli subacquei, come quelli usati dalla maestra Trigliona, solo un po' più grandi. L'uomo aveva una cintura a cartucciera, piena di penne fosforescenti. Adesso si era messo a disegnare delle bellissime stelle con gli occhi chiusi, erano occhi simili ai suoi.

«Ti sta dicendo che ha capito il problema» spiegò Medusa a Gendarme.

La discussione andò avanti per un po', non era facile intendersi. Comunque Mister Patrik non poteva rimanere troppo tempo, non era il suo ambiente quello, anche se lì aveva ormai due amici.

L'uomo fece capire a Gendarme che, se avesse voluto, alla sua prossima immersione lo avrebbe condotto con sé sulla Terra e poi accompagnato in elicottero tra le nuvole, all'Ufficio Autorità Celesti. Se la cavava anche come pilota, spiegò con un delizioso disegnino.

Ovviamente il polpo sarebbe stato tutto il tempo in una vaschetta termoregolata. Non avrebbe avuto molto spazio, certo, ma tutti i confort possibili. L'operazione non era senza rischi per la vita di Gendarme, questo bisognava dirlo con chiarezza: doveva decidere lui. Mister Patrik sarebbe ritornato esattamente dopo otto giorni per portarlo con sé. Nel caso in cui Gendarme ci avesse ripensato, amici come prima. Si strinsero mano e tentacoli e ognuno tornò da dove era venuto, tranne Medusa che era già dove avrebbe dovuto essere.

La notte del settimo giorno fu la più lunga per Gendarme. Era talmente inquieto che, verso le due del mattino, uscì dalla grotta e s'incamminò lungo il viale delle

Gorgonie.

Aveva un pensiero per tentacolo. «È giusto rischiare la mia vita per risolvere questo mistero?» si chiedeva, mentre nuotava adagio adagio, senza meta.

Quando vide quell'insegna aguzzò gli occhi: "Valle delle stelle morte".

Ecco dove le portano! Un'enorme conca si parò davanti ai suoi occhi. Si affacciò oltre il bordo e le vide: un'immensa distesa di stelle, una accanto all'altra. Gendarme si avvicinò, sembrava dormissero. "Perché non brillano?" pensò. "Sono morte, ecco perché, che stupido" si rispose dopo un istante.

Si ricordò all'improvviso di quella volta che sua madre lo aveva portato sotto il pelo dell'acqua, per fargli vedere quello spettacolo impareggiabile.

«Non tutti i polpi conoscono la bellezza di un cielo stellato, guarda; il volto scuro del cielo con tutta quella luce a bucare la notte. Ricordatene, piccolino, questo farà di te un polpo speciale.» Questo gli aveva sussurrato la sua mamma quella notte.

Ecco perché provava tanta pietà per le stelle. Adesso gli era tutto chiaro. Sua madre era stata pescata da qualche mese. Gendarme non era riuscito a salvarla.

"Cercherò di salvare almeno una stella, mamma", promise in cuor suo. Aveva deciso.

Il giorno dopo partì, chiuso nella vaschetta che Patrik aveva allestito con delle deliziose pietruzze bianche. Gliene fu grato. Partì, per l'avventura più incredibile che sia mai capitata a un polpo.

Il viaggio fu lungo. Ogni volta che Patrik sollevava il coperchio per dargli da mangiare e rinfrescare l'acqua, avrebbe voluto chiedergli: "Quanto manca?" ma non sapeva dirlo in una lingua comprensibile a quell'uomo, e inoltre non gli sembrava gentile mostrarsi stanco e impaziente. Dopotutto l'uomo era lì per lui; si limitava a guardarlo negli occhi. Patrik sorrideva, il viaggio continuava.

Le autorità del cielo erano tutti ex qualcosa: ex umani, ex animali, ex fiori, ex alberi. Vivevano separati in tanti quartieri, ciascuno con il suo ufficio informazioni.

Dopo la morte, questi ex, avevano scelto di restare lì per un po', a metà strada tra la Terra e la loro nuova segreta destinazione. Avevano ottenuto una specie di proroga, un permesso speciale tra la vita e la morte.

Indossavano tutti un'enorme camicia bianca.

Appena arrivati, Patrik, con la teca di gendarme sotto il braccio, si avviò verso il quartiere "Ex pesci di mare".

Arrivati davanti alla porta che cercavano, dovettero separarsi. Un'altra particolarità del luogo consisteva nel fatto che ciascun quartiere poteva essere visitato solo da esseri della stessa specie.

Patrik bussò e, nell'attesa, tolse il coperchio alla teca di Gendarme. Oltre quella soglia c'era il mare. Lì il polpo avrebbe potuto riposarsi e chiedere le informazioni che gli stavano tanto a cuore.

Appena aprirono, Gendarme, con un guizzo degno di un polpo molto più giovane di lui, si tuffò nel mare che si intravedeva oltre l'uscio e che, per qualche misterioso mistero celeste, non straripava oltre quella porta (I° mistero celeste: il mare). Si voltò a salutare Patrik che ebbe appena il tempo per dirgli, con un cenno: "Ti aspetto qui".

L'uscio si richiuse e il tempo cominciò a scorrere lento come un placido passaggio di nuvole dopo un temporale.

Patrik si stava assopendo appoggiato a una nuvola, quando un elicotterino azzurro gli atterrò quasi sui piedi, dopo essersi annunciato con uno strepito di trombette veramente fastidioso. All'interno del velivolo, due individui della specie umana, senza togliersi il casco che indossavano, gli fecero cenno di salire a bordo. Patrik non se lo fece ripetere due volte; era un tipo avventuroso e starsene impalato lì senza far nulla lo aveva proprio stufato.

"Chissà, magari hanno notizie del polpo" sperò in cuor suo.

Fu ricevuto da un cordiale signore pacioccone, l'unico a cui la casaccona bianca stava un po' stretta.

L'uomo parlava qualunque lingua umana; arrivati lassù, tutti capivano tutti, ogni lingua, senza sforzarsi d'impararla (II° mistero celeste: le lingue).

«Ci hanno contattati dal quartiere "Ex pesci di mare". Il suo amico sta bene e sta ricevendo le risposte che cercava. Visto che è arrivato fin qui, vorremmo spiegare anche a lei come stanno le cose, perché il nostro quartiere è al corrente della

situazione, anzi, direi che tutto parte proprio dal mondo degli umani prima che dei pesci. Posso offrirle qualcosa signor…»
«Patrik. Mi chiamo Patrik Corride. No, grazie, non prendo nulla. Ma, la prego, mi racconti, a questo punto sono molto curioso anch'io.»
«Bene. La storia è questa. Ultimamente stanno arrivando in questo nostro mondo intermedio molte persone giovani, vittime di naufragi. Ecco perché è coinvolto anche il quartiere "Ex pesci di mare". Queste giovani creature soffrono molto di nostalgia, allora scrivono lettere e le lanciano sulla Terra, nella speranza che i loro cari le trovino. È una cosa folle, lo so, ma come impedirglielo? Sarebbe un'inutile crudeltà, non trova?»
«Certo, ma non capisco cosa c'entrino le stelle.»
«Oh, mi scusi, dimenticavo la parte più importante. Queste persone, dopo aver scritto il loro messaggio, lo attaccano a una stella, nella speranza che quella luce conduca il loro biglietto a destinazione, piuttosto che smarrirsi nello spazio. Ovviamente, la carta attraversando l'atmosfera si distrugge, mentre le stelle finiscono a morire in fondo al mare.»
«È terribile.»
«Cosa, signor Patrik? La morte delle stelle? I naufragi degli umani o la disintegrazione delle missive?»
«Tutto questo è terribile. È tutto un insopportabile spreco di vita.»
«Però una soluzione ci sarebbe. Non per i naufraghi, purtroppo, per quelli dovete organizzarvi laggiù. I messaggi, invece, potreste portarli voi a destinazione, lei e il polpo intendo. Siete già qui. Così risparmieremmo un po' di stelle e inoltre saremmo sicuri che le lettere arrivino a chi sono dirette, almeno per questa volta.»
«Ottima idea. Potreste informare anche il Polpo Gendarme? Credo che ne sarà entusiasta.»
«Darò subito disposizioni in merito. Organizzeremo una raccolta di lettere, dopo pranzo, le metteremo in un bel sacco… oh… noi non abbiamo un sacco».
«Potremmo usare una di queste vostre enormi casacche, in fondo assomigliano a

grandi lenzuola e…»
«Geniale! Bravo, signor Patrik. Quando sarà tutto pronto andrà a riprendere il polpo e finalmente ve ne tornerete a casa.»
«Molto bene.»
«Adesso però andiamo a fare uno spuntino; non mi dica di no, la prego, altrimenti per dovere di ospitalità sarei costretto a digiunare anch'io.»
«A pensarci bene, un certo languorino…»
«Oh, così mi piace. Venga con me, non se ne pentirà.»

L'enorme lenzuolo fu sistemato sul viale antistante l'Ufficio Informazioni.
Sfilarono lentamente, lunghe file di vite sospese, con un addio in tasca da affidare a quell'enorme sudario. Deponevano il loro foglietto come un fiore di parole appena sbocciato. Ben presto, il lenzuolo fu talmente pieno che riuscirono a stento a fare un bel fiocco e stringere nel suo ventre quel distillato purissimo di cuore.
Partirono, Patrik e Polpo. Aiutati da molti casacconi, erano riusciti a far entrare il loro bottino nell'elicottero che li aveva portati fin lì e che adesso li stava riportando a casa.
Quando accadde, mancava poco all'atterraggio. Era l'alba quando, proprio in corrispondenza dell'anfratto 45, l'aereo precipitò.
Forse era troppo pieno. Forse fu un errore del pilota. Forse non lo sapremo mai.
L'aereo precipitò. Il sacco sfondò la carlinga, si aprì e il mare vide atterrare sul suo volto incredulo una pioggia di biglietti bianchi. Sembravano barchette di carta, di quelle che costruiscono i bambini.
Patrik si salvò grazie al paracadute. Polpo morì nell'impatto con l'acqua.
Quando si seppe, laggiù, gli organizzarono un funerale di Anfratto.
Parteciparono tutti alla cerimonia: amici, nemici, prede e predatori.
Una giovane polpa ha portato una margherita di mare ogni giorno, per molto tempo, sulla sua tomba.
Non aveva fatto in tempo a dirgli che gli voleva bene.

***

«Mary Jane, avevi mai sentito parlare di queste stragi di migranti?»

«Sì, a proposito della composizione multirazziale dei cittadini.»

«Giusto, me n'ero dimenticato: ci hanno spiegato perché i nostri tratti somatici sono diversi e perché è necessario vestirsi tutti uguali per sentirsi davvero uguali.»

«Scemenze.»

«Che dici, Mary Jane?»

«Scemenze. Siamo tutti diversi perché c'è stato un gran mescolarsi di popoli a un certo punto della storia, perché c'erano troppe diversità, le diversità veramente ingiuste, e cioè gente che moriva di fame e altri che se la spassavano e poi…»

«Ma a te chi te le ha dette tutte queste cose?»

«Ilai, sei capace di mantenere un segreto?»

«Ormai li colleziono i segreti, uno in più…»

«Non scherzare ragazzino, questa è roba veramente grossa.»

«Non sono più un ragazzino Mary Jane, sono uno che sta rischiando chissà cosa per un mucchio di fiabe preistoriche, più o meno…»

«Mi fai ridere, però hai ragione, hai dimostrato di avere fegato, meriti che ti parli del mio segreto numero uno, cioè il mio primo segreto che…»

«Mary Jane, tra poco dobbiamo andare, allora?»

«Quando avevo dieci anni mi hanno selezionato per un lavoro di archiviazione telematica di antichi testi che poi andavano al macero. L'obiettivo era far sparire tutti i libri da questo pianeta. Un lavoro grosso. Facevo parte di un team selezionatissimo con a capo un certo maestro Guglielmo. Era un uomo anziano, molto alto, le sopracciglia folte e una bella bocca carnosa con sopra due baffi bianco-grigi. Ci guardava tutti con quegli occhi scurissimi, sembrava che ti leggesse nel pensiero. Un giorno ci chiese: "Siete contenti di fare questo lavoro?"

"Certo maestro", rispondemmo in coro, che scemi.

Non vi dispiace nemmeno un po' distruggere tutti questi libri?"

"No, maestro."

"E vi fidate di me, di una sola persona che deciderà cosa copiare negli archivi telematici e cosa invece distruggere per sempre?"

"I dignitari si fidano di lei, maestro, e anche noi ci fidiamo." Sempre in coro. Proprio scemi.

Io lo guardavo e chissà perché non mi sembrava contento delle nostre risposte, che pure erano perfette.

Quei libri erano bellissimi: scienze, geografia, filosofia, ma soprattutto storia. Se non conosci la storia, se non sai da dove vieni sei un cretino, Ilai, ti possono raccontare qualunque scemenza e tu ci credi… è come vivere un video gioco, è tutto falso, capisci?»

«Credo di sì. Continua.»

«Il mio compito era ricopiare al computer i brani che il maestro, leggendo i libri, via via ci inviava con la sua penna laser.

Un giorno non venne, ci avvisarono che per quel giorno era stato destinato ad altra attività Noi avremmo dovuto continuare a inserire dati fino a quando ce ne stavano nelle sue penne laser. Lui dormiva pochissimo, continuava a leggere anche molto tempo dopo che noi ce n'eravamo andati. Viveva in quel magazzino, praticamente.

Il lavoro era noioso, comunque quel giorno finii prima degli altri di caricare i dati di una penna. Mi venne una voglia matta di aprire uno di quei libri e dare una sbirciatina. Era proibito, naturalmente. Guardai gli altri ragazzini del team: erano concentratissimi sul loro lavoro, non avrebbero badato a me, ne ero sicura. Insomma, lo feci. Mi avvicinai agli scaffali dei libri e ne presi uno. Nessuno ci controllava all'uscita, quel lavoro era stato presentato come una specie di lavoro di grandi pulizie. Niente d'importante.

Tornata a casa, mi accorsi che avevo rubato un libro di storia. Storia contemporanea, c'era scritto: novecento e duemila. Il libro era stato scritto alla fine del Duemila. Raccontava di terribili guerre, di un sacco di gente che scappava da una parte all'altra del mondo per cercare di non essere imprigionata, torturata o morire di fame. I migranti, quelli che stavano pure nel diario della maestra. Il libro raccontava cose terribili, però studiando, da allora ne ho rubati parecchi di libri di storia, ho capito perché noi viviamo così. E ho capito che ci raccontano un mucchio di sciocchezze.»

«E non ti hanno mai scoperto?»

«Il maestro un giorno si è accorto di qualcosa. Forse perché non rispondevo più troppo convinta ai suoi interrogatori quotidiani. Mi guardava già da qualche giorno, poi mi ha beccato mentre posavo un libro che avevo riportato indietro dopo averlo letto. Non so come ha fatto. Avevo usato la mia solita astuzia, ero stata prudente, ma lui era più furbo di me. Comunque mi ha vista. Io mi aspettavo che facesse una scenata, invece non ha detto nulla, in quel momento. Alla fine della giornata mi ha chiesto di rimanere un momento. Abbiamo parlato, a lungo.»

«E cosa vi siete detti?»

«Preferirei non dirtelo, Ilai. Magari un'altra volta. Comunque, sappi che se un giorno avremo bisogno di un amico in questo strano mondo, l'unico a cui potremmo rivolgerci è il maestro Guglielmo. Ricordatelo. Ripeti.»

«Maestro Guglielmo, vengo da parte di Mary Jane.»

«Smettila ragazzino, non farmi ridere… dai, è ora di andare. Ci vediamo domani.»

«A domani. Dobbiamo continuare ad esplorare, il diario della maestra è quasi finito. C'è solo un'ultima storia da leggere. S'intitola *Gli arcani della salvezza*. Chissà cosa ci sarà scritto.»

«Forza Ilai, andiamo.»

Capitolo VI

Il restauro
(Il vecchio mondo non è morto)

Usciti dalla grata si diressero verso casa. Nel loro mondo sotterraneo, un'ombra si animò all'improvviso. Le sue mani scarne reggevano una torcia al plutonio: un clic, e l'ambiente fu inondato da un fascio di luce troppo invadente per tutti quei fragili oggetti. La giostra cominciò a girare, Mary Jane l'aveva dotata di uno speciale sensore fotosensibile. L'ombra non se lo aspettava. Si ritrasse facendo fare un salto alla coda che gli scendeva sulle spalle. All'improvviso una musichetta da vecchio circo animò quella specie di caverna: era la macchinetta dello zucchero filato, che Mary Jane aveva riparato il giorno prima. L'ombra uscì da quel luogo che la confondeva rimandando a ispezione ultimata un più approfondito sopralluogo di quel primo ambiente. Continuò a camminare e, quando li vide, rimase a bocca aperta.
Si trattava di un potente dignitario. Lui era Coda Grigia, anche se il suo vero nome non lo conosceva nessuno se non i suoi pari, e non c'erano molte cose al mondo capaci di stupirlo. Ma quella cosa lì era veramente troppo anche per lui.
Libri. Vecchi, vecchissimi libri, di almeno mille anni prima. Lui non poteva saperlo, ma Ilai aveva fatto uno straordinario lavoro di restauro, di cui aveva annotato tutte le fasi in un diario digitale lasciato in bella mostra sul primo scaffale della biblioteca di legno posta a semicerchio nella piccola stanza. Coda Grigia schiacciò subito il pulsante di avvio del registratore, aveva bisogno di un gesto a lui consueto che gli consentisse di riprendere il controllo: era leggermente ebbro di novità.
La voce di Ilai emerse dal congegno elettronico: «Sono Ilai, ho quattordici anni, vivo nel 3028 e mi appresto a fare una cosa che mai credevo potesse capitarmi: mi accingo

a restaurare dei libri antichi miracolosamente ritrovati in una caverna sotterranea della Città di Sopra, luogo in cui sono nato e vivo. Procederò con i metodi usati all'epoca a cui risalgono i libri ritrovati, anche se qualche materiale mi toccherà sostituirlo perché ormai inesistente.

Primo giorno di restauro

Comincerò con la COLLAZIONE che serve a verificare la numerazione delle pagine e la presenza di eventuali errori o carte mancanti per poter ricostruire il volume esattamente com'era prima della scucitura.

Continuerò con la SCUCITURA E DISTACCO CARTE. Il volume è stato scucito interamente e le controguardie (le carte che risultano attaccate alla coperta) sono state staccate dalla coperta dopo averle umidificate.

Il terzo step sarà la SPOLVERATURA: spolvererò le carte una ad una con pennelli e gomme morbide, i fili di cucitura e eventuali residui di attacco microbico sono stati eliminati.

Secondo giorno di restauro

PRELAVAGGIO. Prima del lavaggio in acqua le carte sono state inumidite con una soluzione di acqua e alcool (70:30), poiché l'acool etilico, rispetto all'acqua, possiede una maggiore capacità di penetrazione nel supporto grazie alla sua bassa tensione superficiale e funge da guida all'acqua al momento del lavaggio.

Secondo step: LAVAGGIO. Le carte, supportate da tessuto non tessuto, sono state immerse in acqua a una temperatura di circa 40°. Questa operazione serve a eliminare le impurità presenti nel supporto, l'acidità dovuta agli inchiostri e alla natura della carta, le gore (le macchie causate dall'attacco di umidità) e a ridare vigore e forza al supporto cartaceo.

Terzo giorno di restauro

RICOLLATURA E DEACIDIFICAZIONE. Le carte, durante il lavaggio, perdono la

loro naturale collatura. È per questo motivo che, dopo il lavaggio, quando sono ancora umide, vengono ricollate a pennello con una soluzione all'1% di Tylose MH 300P, una metilcellulosa a pH neutro che, oltre ad essere trasparente, possiede una buona resistenza agli attacchi microbici. Inoltre, per garantire al supporto una riserva alcalina, necessaria a neutralizzare l'acidità e dunque il degrado della carta, nella soluzione della ricollatura è stata addizionata una soluzione di idrossido di calcio.
Le carte, supportate dal tessuto non tessuto al quale aderiscono perfettamente, dopo la ricollatura, sono state poste su stendini orizzontali ad asciugare.

Quarto giorno di restauro

RAMMENDO. Le lacune più evidenti causate dall'infestazione di tarli e lepismatidi sono state risarcite con carta giapponese di idonea grammatura e gli strappi, soprattutto quelli presenti alla piega dei bifoli, sono stati chiusi con velo giapponese. Queste carte giapponesi sono costituite da fibre di cellulosa molto lunghe, in grado di ancorarsi bene al supporto da risarcire e dimostrano una buona resistenza alle sollecitazioni meccaniche. Come collante è stato utilizzato il Tylose MH300P per le caratteristiche citate prima, ma a una diluizione minore, il 4% circa.
SPIANAMENTO. Tutte le carte, dopo il restauro, sono state spianate sotto pressa poste tra carte assorbenti inumidite, per eliminare le naturali ondulazioni della carta degradata e quelle causate dal lavaggio.

Quinto e ultimo giorno di restauro

RICOMPOSIZIONE E CUCITURA DEI FASCICOLI. Le carte spianate sono state raccolte secondo l'ordine originario e i fascicoli così ricomposti sono stati ricuciti su quattro nervi come da originale.
Il libro restaurato con questa antica tecnica è un diario personale di una maestra del Duemila: contiene fiabe, canzoni, testi teatrali, una grande ricchezza di notizie su quel mondo da cui noi discendiamo.
Curerò ogni libro con questa o altre tecniche fino al completo restauro dei circa cento

volumi ritrovati.»

Qui la voce s'interrompeva. La registrazione era finita. Coda Grigia era atterrito da quello che provava. Ammirava Ilai. Era senza parole per la bravura e l'ingegno di quel ragazzino.

Ma lui doveva odiarlo. Non aveva scelta. Si riscosse e sentì, con piacere, rimontare la rabbia.

Per quel giorno aveva visto e sentito abbastanza. Doveva risalire, era atteso per un'importante riunione che aveva nel suo ricco ordine del giorno anche la voce "lavori alla Città di Sotto".

Seconda parte

Capitolo I

Il maestro Guglielmo

Il maestro Guglielmo, quel giorno, si era svegliato prima del solito.
Era l'alba. Il suo orologio ruotava nello spazio del soffitto come un piccolo pianeta numerato. Lui lo muoveva con la sola forza del pensiero. Bastava si chiedesse "Che ore saranno?" ed ecco che l'oggetto gli si materializzava davanti, con le sue lancette luminose simili a lunghi baffi.
Guglielmo era un uomo alto, leggermente curvo ma ancora imponente. Pochi capelli bianchi e una lunga barba dello stesso colore: sembrava che i capelli gli fossero precipitati sulla bella bocca carnosa e sulle guance e, da lì, avessero disteso i loro lunghi steli fino a formare una morbida candida coltre.
Guglielmo lesse: 6.30. Era molto presto.
Dall'erogatore sarebbe stata distribuita la colazione alle 8.00 in punto e, alla fine del primo pasto, avrebbe avuto ufficialmente inizio la giornata per tutti gli abitanti della "Città di Sopra". Aveva un po' di quello che lui chiamava il "tempo senza tempo". Un tempo in cui viveva da solo. Ma lui non era stato sempre da solo.
Aveva novant'anni, ormai, e fino a quarant'anni prima era stato normale sposarsi e avere figli, le famiglie vivevano ancora assieme, anche se in un clima di sospetto e distanza dal resto del mondo. Poi, con l'avvento del Leader e del suo Nuovo Sistema, si era sgretolato tutto. I bambini venivano concepiti in provetta e allevati in speciali istituti preposti allo scopo. A dieci anni erano già in grado di vivere da soli, in miniappartamenti superaccessoriati, con ogni sorta di aggeggio elettronico, compresi robot per le pulizie e per il primo soccorso medico.

Erano ragazzini selezionati in laboratorio, menti inimmaginabilmente evolute e intelligenti. Un nuovo mondo senza famiglie, senza malati gravi e anziani: oltre una certa soglia di “deterioramento”, così dicevano, veniva d’ufficio praticata l’eutanasia. Il maestro, a dispetto dei suoi novant’anni, stava benissimo, solo i suoi passi erano un po’ strascicati e le sue ossa a volte scricchiolavano un po’, come la sua imperfetta memoria del passato recente. Ma non del passato lontano. Del lontano passato di quel mondo rifatto da poco, lui ricordava tutto.

Era un museo vivente, l’ultimo uomo con un passato, forse.

Quella mattina, nel suo tempo senza tempo, vagava con la mente insolitamente predisposta a ricordare. Guglielmo non amava ricordare, era un’inutile sofferenza, come camminare con la testa girata indietro: fa male, pensava.

“Il torcicollo del tempo…” sorrise, pettinandosi la lunga barba bianca come la scia di una cometa.

Rammentava che Vanessa, in quel tempo per lui felice, lo raggiungeva sempre alle spalle facendo ricadere i suoi boccoli rossi, cilindrici, sul suo petto. La baciava sul collo e gli pettinava la barba con le mani. Lui aveva sessant'anni, lei quarantacinque. Vanessa era una restauratrice, appassionata di arte e storia antica. Era morta per il crollo di un’antichissima domus aurea, completamente dimenticata da tutti; Vanessa se ne prendeva cura grazie al supporto di un’associazione fondata assieme a pochi amici, appassionati come lei.

Dopo quel crollo le autorità avevano raso al suolo l’ultimo moncone di dente nella bocca sdentata di quel loro tempo declinato solo al presente.

La domus distrutta. L’associazione chiusa. Vanessa morta.

Guglielmo aveva seppellito anche qualcosa di se stesso nell’urna che custodiva le ceneri della sua donna.

Si riscosse dai ricordi, il cicalino dell’erogatore lo stava avvisando che era ora di aprire lo sportellino e ricevere il pasto verde per cominciare la giornata, ritornando così nel tempo condiviso con tutti gli altri cittadini della Città di Sopra.

Dopo colazione si mise al lavoro. Svolgeva vari incarichi per conto del governo cittadino. Molti lo stimavano perché ne temevano l'acume e la profonda conoscenza di psicologia e telematica applicata al governo delle emozioni. Altri lo detestavano, per gli stessi motivi. Quasi tutti non vedevano l'ora che gli fosse praticata l'eutanasia per irrimediabile deterioramento. Era anche lui un dente cariato nella bocca del tempo: l'ultimo, forse, non ancora estirpato.

Quella mattina ricevette una comunicazione di servizio a mezzo mail, sul suo indirizzo riservato.

I dignitari che governavano la città, per quel genere di comunicazioni, preferivano quella modalità un po' arcaica e ormai non usata più da nessuno. Lo scrivente della missiva lo ragguagliava brevemente su lavori condotti alla Città di Sotto dai cittadini Mary Jane e Ilai. Le notizie erano vaghe e sommarie. Una nota a margine però recitava: "Aumentata vigilanza ai cittadini incaricati; sospetta avvenuta fascinazione a causa rapporto quotidiano con antichi reperti".

Il vecchio maestro ci mise un nanosecondo per capire. I ragazzi erano in pericolo. Aumentata vigilanza… erano tenuti d'occhio, sicuramente sospettati di qualcosa. Fascinazione? Cioè?

Che stava combinando Mary Jane, la sua allieva trafugatrice di libri di storia?

Se la ricordava bene, l'aveva già salvata una volta, forse perché gli ricordava Vanessa per quel suo modo diretto di esprimersi e guardare dritto negli occhi il suo interlocutore. Era preoccupato. E il cittadino Ilai chi era? Ci pensò qualche minuto ma proprio non riuscì a ricordare un ragazzino con quel nome.

Doveva rispondere qualcosa, anche per saperne di più, ma senza insospettire il cittadino dignitario incaricato della vigilanza dei ragazzi.

«Ricevuto missiva. Rimango in attesa d'istruzioni. Già lavorato con cittadina Mary Jane. Disponibile a fornire un profilo psico-sociale del soggetto.»

E con questo sperava che lo chiamassero a far parte attivamente del protocollo "Città di Sotto".

Si ricordò di leggere chi avesse firmato la mail: "Cittadino dignitario Novak".

"Il peggiore" pensò.

I ragazzi ormai si sentivano al sicuro. Continuarono ad esplorare l'antica città sotterranea, ma non trovarono molto altro. Il ritrovamento della scuola era stato l'ultimo degno di nota. I siti archeologici erano tre: il luna park, di cui rimanevano solo la giostra di cavalli e la macchina per lo zucchero filato; la biblioteca, con tutti i libri, circa cento volumi, completamente restaurati da Ilai; e la scuola, di cui era rimasto in piedi solo il pianterreno con l'ingresso e quattro aule, tre quasi spoglie e una, la classe della maestra che teneva il diario, pressochè intatta.

I ragazzi dedicarono tutte le loro energie e la loro notevole perizia tecnica e informatica per sistemare ogni oggetto nel miglior modo possibile.

Coda Grigia, non se n'erano accorti, era tornato spesso laggiù. Adesso era sicuro che Mary Jane e Ilai andassero "decondizionati", stava solo aspettando che i lavori finissero per vedere quei due cosa avrebbero deciso di fare: a chi, a cosa, a quale idea di mondo sarebbero stati leali?

I due ragazzini, intanto, avevano deciso di leggere l'ultimo racconto della maestra, *Gli arcani della salvezza*, prima di discutere tra loro il da farsi. Non la potevano tirare troppo per le lunghe quella faccenda dei lavori, dovevano chiudere quell'esperienza e consegnare la Città di Sotto ai dignitari che avrebbero deciso cosa farsene di quel luogo.

Loro dovevano tornare alla vita di sempre.

Oppure… non lo sapevano.

Capitolo II

L'ultimo racconto. L'arresto

Gli arcani della salvezza

Crollò. Un'implosione improvvisa, imprevista, inspiegabile. Erano passati più di mille anni da quando quello scaffale era lì, altero e composto nel suo ruolo di scaffale da biblioteca.

Quel giorno, l'8 giugno 3028, segnò la definitiva estinzione, almeno nella sua forma eretta, dello scaffale dell'antica biblioteca del corso, ora semplicemente biblioteca sotterranea.

Nel 3028 le città sorgevano in superficie, con tanto di spazio-mobili sfreccianti e robot che accompagnavano i bambini alla scuola satellitare. Le vecchie città erano rimaste nel sottosuolo. Vi si accedeva solo attraversando una lunga e complicata teoria di cunicoli sotterranei, bui e maleodoranti.

I libri, le carte geografiche, degli antichissimi CD rom, giacevano ora nelle viscere dello scaffale, implosi e confusi nelle macerie di legno e polvere. Nessun superstite, così sembrava.

Ma all'improvviso, si udì una voce provenire da un punto imprecisato dello stanzone buio.

«E chi poteva predirlo…»

«Già, nemmeno Nostradamus» replicò una voce suadente di donna, leggermente arrochita dalla polvere.

«E lei chi è, scusi? Non si vede nulla qui dentro.»

«Permette, sono la Fortuna, arcano maggiore professionista.»

«Ah, sì. Io sono il Carro, ci conosciamo.»
«Tesoro, stai bene?»
«Io sì caro, e tu?»
«Chi è là!» gridò il Carro con la sua voce legnosa.
«Siamo gli Amanti, tutto bene lì da voi?»
«Sì, tutto bene, siamo gli unici sopravvissuti?»
«No, ci sono anch'io, ma per favore lasciatemi stare, non ho voglia di fare comunella.»
«Chi sei?» gridarono in coro.
«L'Eremita.»
«Ah.»
«Aiutatemi, vi prego.»
«Chi c'è ancora?» urlò il Carro.
«Sono l'Appeso, mi sono quasi strangolato cadendo. Oh, ecco, sono riuscito a rimettermi in piedi.»
«Salve a tutti bella gente! Che meravigliosa giornata! Finalmente potremo sgranchirci un po' le gambe.»
«Ma sei matto?»
«Sì, come avete fatto a capirlo, qui non si vede niente.»
«Usciamo da qui, potrebbero avvenire altri crolli e noi non vogliamo morire, vero amore?»
«Sì, anima mia. Andiamo, andiamo.»
«Aspettate, vengo anch'io, oh! Che meravigliosa avventura ci attende.»
«Aspettate. Veniamo anche noi. Saltate tutti sul Carro, procederemo piano piano, tutti assieme, fino all'uscita. Che ne dite?»
Non se lo fecero ripetere due volte. Saltarono sul carro e adagio, procedendo verso un'oscurità sempre meno fitta via via che si avvicinavano all'uscita, i nostri eroi stavano per cominciare a vivere una straordinaria, indimenticabile avventura.

La Città di Sopra

La prima cosa che videro uscendo dal'ultimo budello chiuso da una grata forata, fu lei.
Era poco più alta di un metro, aveva il volto semicoperto da una mascherina antismog e un cappellino blu che sembrava una luminaria natalizia: si accendevano e si spegnevano una miriade di luci su quel misterioso copricapo a forma di scodella.
La ragazzina, avrà avuto dieci anni, camminava svogliatamente mentre schiacciava dei tasti su di un aggeggio vagamente somigliante a un antico I-Phone. Non si capisce bene come fece a vederle, ma le vide. Non si sa nemmeno perché decise di portarsele a casa, ma lo fece.
Soledad si chiamava la piccolina che, nonostante la sua giovane età, aveva già accumulato una dose di perfidia ragguardevole.

A casa di Soledad

La ragazzina viveva da sola: a che servono genitori, fratelli e nonni se si hanno a disposizione robot, computer ed enciclopedie parlanti che ti risolvono qualunque problema? Aveva risposto con un ghigno al Matto che le aveva chiesto come mai fosse sola in casa.
Quando scoprì che quelle carte parlavano, la foruncolosa bambina del futuro (l'acne è stata definitivamente sconfitta solo nel 7028 in seguito a un misterioso esaurimento di tutte le scorte di cioccolata della galassia) non fece una piega. Lei, con i decoder, ci giocava. Erano convertitori in lingua terrestre di qualunque lingua esistente, compresa quella dei Tarocchi; bastava applicarsi un piccolo chip all'interno di un orecchio: roba da fare invidia ai più esperti poliglotti.
La piccola peste, dopo un po', si era stufata di sentire le malinconiche storie del passato che quei sei continuavano lagnosamente a ripetere, quindi annunciò loro, seraficamente, che la sera stessa le avrebbe buttate nell'inceneritore situato nella sua

cucina piena di alambicchi sforna-pillole.

Le carte, udita la ferale notizia della loro imminente e definitiva estinzione, si consultarono brevemente e poi la Fortuna, in qualità di loro rappresentante più fascinoso, propose alla ragazzina: «Senti baby, lo sai noi a che servivamo nel vecchio mondo? A leggere il futuro. Non lo trovi fantastico?».

«Noi siamo un pianeta in via di estinzione, non ce ne frega niente del futuro» rispose la piccola spudorata.

«Anche il mondo in cui vivevamo era in via di estinzione, ma noi lo abbiamo salvato!»

L'aveva sparata talmente grossa che i suoi amici arcani si convinsero all'istante che fosse andata proprio così. Si dipinse sui loro volti una imbarazzata verecondia condita da sospiri e sguardi d'intesa tra vecchi commilitoni.

La ragazzina sputò la sua pillola gommosa e disse: «Cioè?».

«Tra quanto tempo questo pianeta morirà?»

«Sette, otto giorni al massimo.»

«Oh no!» urlarono in coro. Solo il Matto rise. Perché era matto. Appunto.

«Bene. Proprio come l'altra volta» pronunciò ieratica la Fortuna, ormai lanciatissima sulla via delle balle siderali.

«Ascolta. In quanto tempo puoi far arrivare una nuova idea a tutti gli abitanti della Terra?»

«Il tempo di un clic. E posso anche far sì che suoni un cicalino, un avviso di urgenza.»

«Bene. Allora mettiamoci subito al lavoro. Siamo arrivati appena in tempo. Giusto, camerati Tarocchi?»

«Giusto» ripeterono tutti. Tranne l'Eremita che se ne stava in disparte a scrivere *L'elogio del silenzio in sette capitoli*. Desiderava ultimare quel saggio sin dai tempi del suo apprendistato alla Scuola Superiore della Divinazione. Poi, insomma, la vita, il lavoro, si sa come vanno queste cose.

Ora aveva sette giorni di puro ozio a sua disposizione. La penna e i fogli li aveva da sempre nascosti nel mantello. Basta. Cominciò. Intanto gli altri si dedicarono al folle progetto di salvare la Terra e con essa se stessi.

La Fortuna chiese a Soledad di allontanarsi: dovevano consultarsi un attimo segretamente.

«Ascoltatemi bene. Adesso ognuno di noi deve preparare un discorso, un consiglio, una ricetta su come salvare la Terra. Inventatevi quello che volete. Tanto, peggio di così si muore.»

«Già, si muore proprio» aggiunse il Matto ridendo.

Cominciò il Carro. Soledad gli mise una cuffietta tra le ruote e senza mezzi termini lo invitò a parlare.

«Cittadini della Terra, io sono un arcano, una carta degli antichi Tarocchi, forse qualcuno ne avrà sentito parlare. Io sono il Carro. Il mio consiglio per salvare la Terra è che ognuno di voi riempia subito il mezzo di trasporto più grande che possiede, con tutto ciò che non è indispensabile alla sua sopravvivenza, e lo regali immediatamente. Fatelo subito. Vi prego. Grazie.»

Ciò che accadde sulla Terra per tutta quella notte fu incredibile.

I ricchi divennero poveri e i poveri divennero ricchi e poi di nuovo poveri per aver restituito tutto ai ricchi; decisero allora di fare di tutto a metà e così non si trovava più un povero nemmeno a pagarlo a peso d'oro. Gli africani ricevettero in dono pellicce e auto di lusso e in cambio regalarono quello che avevano, cioè niente, quindi ringraziarono e basta. Un intero mondo in subbuglio per 24 ore fu impegnato in un tentativo estremo di ridistribuire ricchezza e povertà.

Il secondo giorno, collegato in mondovisione, parlò l'Appeso, il quale consigliò di ridere in faccia ai problemi e di non far capire alla sofferenza quanto facesse male. «Non le date soddisfazione» urlò in un impeto messianico. La rivoluzione della notte precedente fu niente in confronto a quello che accadde negli ospedali, tra gli anziani, nelle carceri e persino nelle farmacie dove, testimoni attendibili, riferiscono di aver sentito dire: "Mi darebbe le mie squisite pillole per la pressione? E aggiunga anche un buon litro di sciroppo per la tosse, per favore". Se ne videro e se ne sentirono di ogni genere.

Il terzo giorno fu l'apoteosi, quando parlò il Matto. Il suo discorso fu talmente sconclusionato che riusciamo a riportare una sola frase: «Fate qualcosa che vi renda felici, non importa se vi chiameranno pazzi!».

Milioni di cassetti si aprirono all'unisono liberando sogni mezzi ciechi, per l'oscurità in cui avevano vissuto, e anchilosati per l'immobilità. Ma per rendere tutti quei sogni di nuovo frizzanti e vivi, bastò respirare un po' di aria buona donata alla Terra da un pianeta vicino che si commosse per quell'iniziativa di salvataggio estremo.

Il quarto giorno la Fortuna emozionò tutti pronunciando un delicato discorso che cominciava così: «*Audaces fortuna iuvat*...».

Nessuno ci capì niente e fu una fortuna, appunto, perché ognuno capì quello che voleva e tutti trovarono una ragione per sentirsi fortunati e contenti.

Ma il picco di ascolto più alto, manco a dirlo, lo ottennero loro: gli Amanti. Riuscirono a dire tante di quelle mielose e sbrodolose insulsaggini da mandare in tilt la rete per l'eccessivo numero di connessioni. Raccontarono la loro storia, romanzandola alquanto e aggiungendo scaltramente a ogni giro di frase "... noi siamo come voi...", "... come ognuno di voi certamente ricorderà...", "... come ciascuno degli ascoltatori ha sicuramente provato...".

Gli ascoltatori della Terra non si ricordavano proprio niente, in verità: la maggior parte di loro era nata in provetta ed era stata allevato da un robot. Eppure qualcosa capirono, perché cominciarono ad accarezzarsi, ad abbracciarsi e perfino a baciarsi imitando quei due insulsi chiacchieroni di carta, millantatori di salvataggi mai avvenuti, praticamente dei senzatetto. Ecco tutto.

L'Eremita si rifiutò di parlare. Era il sesto giorno e ancora non si sapeva se questo mondo sarebbe finito o no, lui invece doveva finire il suo saggio.

Il settimo giorno, come fanno sempre le persone particolarmente influenti, i nostri si riposarono.

La fine del mondo era attesa per quella notte.

Soledad, dopo tutto il trambusto di quei giorni, si annoiava a starsene tutta sola con i suoi videogiochi. Ci aveva preso gusto alle chiacchiere di quegli alieni provenienti dal passato. Ma, in quel momento, dormivano tutti.

Cioè, non proprio tutti.

L'Eremita si era sistemato sull'amaca elettronica costruita da Soledad per il suo compito di archeologia industriale e, naturalmente, stava scrivendo.

«Che fai?»

«Scrivo. Lasciami in pace, non ho tempo per parlare.»

«Scrivere è come parlare. Se scrivi significa che vuoi parlare, e a un sacco di gente.»

«Io scrivo per me, ti ho già detto che non ho voglia di perdere tempo con te, saputella del 3000.»

«Allora scrivi un diario, non un saggio.»

«E tu che ne sai che sto scrivendo un saggio?»

«Ho tirato a indovinare.»

«Oh, senti, te ne vuoi andare?»

«Dove? Questa è casa mia e ti ricordo che stai seduto sulla mia amaca elettronica.»

«Hai ragione. Scusa. Grazie per l'ospitalità. Per favore, adesso, potrei stare un pò da solo? Avrei da finire questo libretto prima della fine del mondo.»

«Dimmi solo il titolo, poi me ne vado.»

«*L'elogio del silenzio in sette capitoli*» declamò, continuando a scrivere senza staccare la penna dal foglio.

«Io so tante cose sul silenzio.»

«Dici davvero?» disse l'Eremita guardandola finalmente con interesse.

«Certo. Da quando sono nata parlo solo con computer, o attraverso chat o caschi trasmettitori del pensiero. Io ci vivo, nel silenzio.»

«Non parli mai con nessuno?»

«Non come sto parlando con te, cioè uno di fronte all'altro.»

Il cuore di pietra dell'Eremita ebbe un impercettibile smottamento, un terremotino interiore.

«E come hai fatto a non perdere l'uso della parola?»

«Ho un segreto, ma a te posso confidarlo, tanto non parli con nessuno.»

«Ti ascolto Soledad, tanto avevo quasi finito» concesse l'Eremita. Le confessioni di Soledad sarebbero state l'argomento del settimo ed ultimo capitolo del suo libro, decise in cuor suo.

«Io parlo con un bambino di questa città. Ci incontriamo due volte a settimana all'entrata del cunicolo dove ho visto voi. Togliamo la grata e ce ne andiamo a spasso nella vecchia città. Facciamo finta di fare dei giri sulle giostre, compriamo del finto zucchero filato dalla macchinetta rotta che è proprio lì accanto, leggiamo libri di fiabe nella vecchia biblioteca…»

«Anch'io abitavo lì!» esclamò l'Eremita in un impeto di ritrovata fratellanza.

«È bellissimo starsene lì sotto, alla luce delle nostre torce al plutonio. Il silenzio del mio mondo mi ha fatto capire che è fantastico parlare con un amico, e con un amico è bello anche stare in silenzio.»

«Guarda Soledad, cos'è quella luminaria?» esclamò l'Eremita all'improvviso.

«Oh no! Ho lasciato acceso il collegamento in mondovisione, mi avranno sentito tutti, anche il Gran Consiglio Disciplinare. Devo avvisare il mio amico, ci puniranno…» disse la ragazzina terrorizzata.

«Che succede? Cos'è tutto questo chiasso?»

Si erano svegliati tutti. Le lucine del monitor sembravano impazzite, significava che stavano arrivando messaggi da tutto il mondo in risposta alle parole di Soledad, udite per sbaglio in ogni angolo della Terra.

La ragazzina accese il video per leggere i messaggi mentre grosse lacrime di paura le colavano giù dagli occhi.

I messaggi erano milioni di milioni e ci misero sette giorni per leggerli tutti, quindi la Terra non si era disintegrata come previsto.

Soledad e il suo amico non solo non vennero puniti, ma furono promossi custodi e guide della città sotterranea.

Gli arcani se la spassarono a lungo andando come ospiti da un talk show all'altro, divenendo delle vere star mondiali.

L'Eremita cambiò il titolo del suo saggio da: *L'elogio del silenzio in sette capitoli* a *L'elogio del silenzio condiviso tra sette amici*.

Divenne ricco e famoso e, ogni tanto, si rivedeva nella sua caverna sotterranea con tutti gli altri per farsi quattro chiacchiere e raccontarsi, per l'ennesima volta, di quella settimana in cui salvarono la Terra.

A parole.

***

Ilai e Mary Jane, nella loro breve vita, avevano viaggiato nello spazio come nel remoto passato si viaggiava in metropolitana, avevano studiato cibernetica applicata e inventato un gran numero di utensili e oggetti elettronici solo per fare i compiti per il giorno dopo, avevano varcato frontiere dello spazio e del tempo ritenute invalicabili solo una manciata di anni addietro. Ma una cosa del genere, ossia sentire parlare di loro in un diario di mille anni prima, quello proprio non se lo sarebbero mai aspettato.

Erano immobili, seduti uno accanto all'altro, sul cuscino di broccato.

Inimmaginabilmente toccati da quel racconto.

Quando arrivarono li trovarono così.

Erano in quattro. Eseguivano un ordine di arresto. Era arrivato all'improvviso, quel'ordine, forse qualche dignitario si era stufato di aspettare, o forse Coda Grigia era stato assegnato ad altra missione e dunque doveva chiudere la faccenda "Città di Sotto".

Li portarono via. Ilai urlava: «Mary Jane, voglio venire con te, dove mi stanno portando? Mary Jane!».

«Tranquillo Ilai, sistemerò tut…» ma non riuscì a terminare la frase, poiché la colpirono con un fascio di cloroformio a diffusione. Svenne.

Man mano che si avvicinavano all'uscita del cunicolo, anche la voce di Ilai si attenuava, il fascio al cloroformio usato per lui, lo aveva colpito di striscio, stava scivolando più lentamente di Mary Jane nell'incoscienza, ebbe ancora il tempo di sussurrare, prima di svenire: «Mary Jane, ricordati del mare».

Coda Grigia, chiuso nel suo ufficio, ricevette la notifica di avvenuto arresto sul suo palmare a infrarossi. Aveva chiuso così la faccenda "Città di Sotto" perché ben altri problemi attendevano di essere risolti.

La Città di Sopra era in pericolo, e solo lui e pochi altri erano al corrente della grave minaccia che in quei giorni si era materializzata, come dal nulla, sul cielo grigio di quella metropoli ritenuta inattaccabile.

Eppure.

Era sicuramente colpa di qualcosa che volava nell'aria se la gente continuava ad ammalarsi e a morire, molto prima di raggiungere la soglia del deterioramento irreversibile e del dolce passaggio all'eutanasia. Ai pochi casi iniziali si erano aggiunti sempre nuovi decessi, fino a superare di gran lunga le statistiche ordinarie di mortalità. Era ormai un'epidemia. Bisognava prendere atto dell'evidenza dei dati e porre rimedio a quella strage.

Ma chi era il nemico? Era invisibile, questo era certo. Tutte le autopsie effettuate sui corpi dei cittadini defunti, benché condotte da medici luminari e con mezzi tecnologici avanzatissimi, non avevano dato alcun esito. Niente. Quei morti non erano morti, apparentemente, di alcuna malattia.

Erano giorni concitati per Coda Grigia e gli altri dignitari responsabili del governo della città: ormai era divenuto impossibile nascondere cosa stesse succedendo.

Se n'erano accorti gli altri cittadini, che vedevano scomparire frotte di persone dai luoghi di lavoro: lunghe catene di montaggio di ogni tipo di prodotti, non c'era niente che venisse confezionato artigianalmente in quella città.

Se n'erano accorti anche perché i lunghi cortei umani del ritorno a casa dopo il lavoro erano sempre più radi.

Se n'erano accorti i dignitari nazionali perché le tracce termiche in quella città diminuivano sempre di più, era una geografia di calore umano a brandelli, come una carta geografica da cui scomparivano ogni giorno isole, frammenti di città, pezzi di montagne e bacini lacustri improvvisamente prosciugati.

L'epidemia, inoltre, si stava ormai diffondendo a livello nazionale e mondiale.

Era stato ufficialmente dichiarato lo stato di calamità, con allerta massima: tutti gli scienziati più famosi furono richiamati sul luogo per un'assemblea permanente, con base operativa annessa, formata da aviazione, flotta marina e ogni genere di esercito con uomini addestrati a tutti i tipi di attacchi, non ultimo quello nucleare.

Intanto Mary Jane e Ilai, tenuti in stato d'incoscienza in un posto segretissimo, attendevano di essere risvegliati per subire un interrogatorio che stabilisse la necessità o meno di essere portati al campo di decontaminazione.

La Città di Sotto, di nuovo vuota, inusitatamente viva, risvolto colorato nella fodera di quel mondo morente, con tutti i suoi arcani ancora da svelare, attendeva la visita dei dignitari che ne avrebbero deciso il destino, molto probabilmente avrebbero raso al suolo tutto quanto.

Eppure, forse proprio in quella galleria sotterranea piena di inutili oggetti, sì, proprio tra quelle inutili vestigia si nascondeva l'asso nella manica, del mondo di sopra, per salvarsi la vita.

Capitolo III

L'epidemia

La riunione

Il maestro Guglielmo fu convocato con livello di urgenza massima ad un convegno di dignitari appena arrivati da Ormar, l'antica città di Roma che solo duecento anni prima era ancora come i suoi ideatori l'avevano edificata; poi però un terribile terremoto le aveva cambiato i connotati per sempre. Era stata ricostruita in perfetto stile 3000: edifici altissimi realizzati in una lega di metalli e plutonio addomesticato, elicotterini ronzanti al posto delle antiche auto per evitare d'ingombrare le strade quasi completamente ricoperte di costruzioni a vario uso adibite, di cortei interminabili di persone che andavano o tornavano dai vari turni di lavoro alle catene di montaggio, che "montavano" qualunque cosa, dal cibo alle tute, unico indumento ammesso e concesso, agli aggeggi elettronici, ai casamenti. Ogni gesto di quella vita programmata e scandita nei tempi era come scomposto in una precisa serie di altri piccoli gesti: tutti sapevano precisamente cosa dovessero fare e lo ripetevano ogni giorno come un mantra dispensatore di pace e armonia cosmica.
Il maestro Guglielmo si sedette al posto assegnatogli, attorno al grande tavolo di plexiglas luminoso, con aggeggi telematici a scomparsa e tecnologia touch-screen, cioè comparivano solo se sfioravi il tavolo nei punti luminosi intermittenti di cui ogni postazione era dotata. L'uomo era preoccupato, ma ostentava un'espressione neutra, come tutti gli altri convitati.
Coda Grigia presiedeva l'assemblea in qualità di alto dignitario della Città di Sopra, ossia Primo Cittadino e persona tra le più informate sui fatti. Con la sua voce incolore ragguagliò brevemente i presenti sugli ultimi sviluppi di quella che ormai, senza mezzi termini o cautele, veniva definita "misteriosa epidemia".
Il maestro Guglielmo ebbe un sussulto interiore che provvide abilmente a dissimulare: che stava succedendo? Chiese, quando ebbe la possibilità di parlare, se anche i bambini fossero colpiti da quella misteriosa malattia. La risposta fu un secco sì. Molti bambini.
L'uomo deglutì a fatica.
«E a proposito di giovani cittadini» prese la parola di nuovo Coda Grigia, «volevo

informarvi che l'operazione "Città di Sotto", su cui vi ho tenuti costantemente aggiornati, è stata al momento risolta con l'arresto dei due responsabili custodi in sospetto di fascinazione contaminante. Sono tenuti in stato d'incoscienza a cui seguirà, appena possibile, interrogatorio e poi eventuale chiusura in campo di decontaminazione».

Il maestro Guglielmo sentì schiantarsi qualcosa dentro di sè: Mary Jane e Ilai… dove li avevano portati?

«Rimango in attesa di conoscere le vostre decisioni per quanto riguarda chi dovrà interrogarli.» Ci fu consenso unanime nell'affidare a lui il compito, anche perché volevano tutti concentrarsi sul caso dell'epidemia, prioritario, visto che nessuno di loro poteva sentirsi al sicuro a causa della natura oscura di quel pernicioso morbo.

Furono istituiti vari ministeri di monitoraggio e studio della situazione, tutte le équipe di scienziati erano alle dirette dipendenze di un dignitario: batteriologi, infettivologi, oncologi, ricercatori di ogni branca della medicina, fisica, chimica. Tutti al lavoro, febbrilmente, alla ricerca disperata del nome del loro nemico che, intanto, continuava a uccidere.

Il maestro Guglielmo assunse la direzione del gruppo degli psicologi, ministero ritenuto di scarsa importanza vista la remota possibilità che la causa di quanto stava accadendo fosse non nel corpo ma nella mente delle persone. D'altra parte Guglielmo era anziano, tanto valeva dargli un compito poco strategico, questo era stato il lineare ragionamento che aveva portato a quella scelta.

Capitolo IV

L'équipe di psicologi

Il calvo

La lettera a Coda Grigia

Il maestro Guglielmo dovette mettersi immediatamente al lavoro, nonostante fosse preoccupato per Mary Jane e il suo amico.
Se ne tornò a casa dove lo avrebbero raggiunto i dieci esperti psicologi. Dovevano concordare una strategia e divenire operativi entro sera.
Arrivarono quasi contemporaneamente. Si sedettero, presero a consultare grafici e tabelle, a spulciare dati e casi analoghi di epidemie, pandemie, disturbi psicosomatici in grado di condurre alla morte.
Il maestro Guglielmo seguiva svogliatamente la dotta disquisizione di ognuno: aveva la testa altrove. Inoltre, era convinto anche lui che la causa di quella terribile peste fosse organica e che loro stavano solo perdendo tempo. Fino a quando quel dottorino calvo che si era seduto quasi in fondo alla stanza, un po' in disparte mentre consultava chissà cosa sul suo pc da polso, con la sua voce calda e profonda, insospettabile in quel mondo e tra quella gente, disse: «È cominciato tutto da quando hanno scoperto la Città di Sotto. E la Città di Sotto è stata distrutta da una malattia simile a quella di cui ci stiamo occupando».
Tutti lo guardarono. Qualcuno stava aprendo la bocca per dissentire, si capiva da come scuoteva la testa, ma il maestro Guglielmo non gli diede il tempo di proferire parola: «Silenzio, per favore. Ascoltiamo il collega, ne ha facoltà».
Tutti si misero in ascolto, ma solo perché il maestro Guglielmo era il loro supervisore. Anche loro credevano in certe cose, per esempio nell'obbedienza ai capi. Guglielmo, da parte sua, era ancora legato al concetto di libertà di parola.
«Ecco. Ho studiato moto attentamente la questione e ho preparato una tabella comparativa dello sviluppo dei due eventi dal punto di vista cronologico. Sembrano procedere di pari passo. La storia della distruzione della Città di Sotto è a dir poco simile a quanto sta accadendo a noi. Le cronache di quei tempi narrano di una città resa fantasma dalla morte di quasi tutti suoi cittadini; non per cause sconosciute, avevano individuato il motivo dei decessi.»
A questo punto, tutti lo guardarono con visibile curiosità. Lo psicologo calvo fece una

pausa, forse temeva di andare avanti, temeva che l'attenzione tesissima come una batteria di frecce puntata su di lui, si sarebbe sgonfiata nel solito scettico gelo di cui spesso era circondato. Insomma, si godette un attimo di quel bel silenzio carico di attesa e poi disse ciò che aveva da dire.

«Le antiche *Cronache* della Città di Sotto risalgono a circa mille anni fa. Io le ho studiate perché, dopo il ritrovamento, mi è stato affidato il compito di tracciare un profilo psico-sociale del popolo della Città di Sotto. Si tratta di giornali, carta stampata che usavano per diffondere notizie da un luogo all'altro delle nazioni o semplicemente della città. Sono stati ritrovati vari documenti del genere datati tra il 2000 e il 2015, conservati in una emeroteca annessa alla biblioteca cittadina della Città di Sotto e oggi disponibili solo in biblioteche virtuali. Ebbene, questi giornali riportano per mesi e mesi la notizia di morti misteriose e della mobilitazione internazionale del mondo scientifico per venirne a capo. Il fenomeno fu dapprima nazionale e riguardò l'Italia, l'antica nazione di cui la Città di Sotto faceva parte, poi però si allargò fino a diventare addirittura mondiale. Ne vennero a capo dopo cinque anni e centosessanta milioni di morti. Ne vennero a capo casualmente, come a volte accade con questi rompicapi scientifici, diciamo così.

La storia è molto singolare ma io vi prego di credermi: ascoltate.

Una maestra della Città di Sotto scriveva fiabe per confortare i suoi alunni o per spiegare qualcosa di particolarmente difficile per loro. A un certo punto della catastrofe, nella città di Sotto erano rimasti la maestra, la sua classe, i genitori e i parenti più stretti di queste persone. Più o meno in duecento, che aspettavano di morire da un momento all'altro dopo aver visto scomparire amici, conoscenti, parenti lontani, colleghi e tutto un mondo di affetti. La donna, allora, com'era sua abitudine, decise di scrivere una fiaba che fu pubblicata prima su un giornale locale, poi nazionale e alla fine fece il giro del mondo. La fiaba era molto bella e toccò qualcosa nel cuore di quei condannati a morte.

La storia s'intitolava *Gli arcani della salvezza* e narrava appunto di un pianeta che riesce miracolosamente a salvarsi in maniera fortuita e molto singolare. Divenne

talmente famosa che i superstiti dell'epidemia cominciarono a seguire i consigli contenuti in quella storia inventata per dare coraggio e speranza ai bambini. Inspiegabilmente funzionò: le morti cessarono, la gente, seguendo quegli strampalati consigli fiabeschi, divenne sempre più felice e in buona salute. Insomma, si erano salvati davvero, grazie ad una fiaba, e grosso modo avevano anche capito perché.»
Tutti lo guardarono allibiti, sedotti certo da quella voce, dall'eloquio fluente, dai contenuti affascinanti del racconto. Anche se era quanto di più bizzarro e improbabile avessero mai ascoltato. Presero la parola tutti assieme, volevano massacrare verbalmente quel temerario che aveva offeso l'alta dignità del consesso in un momento così drammatico con quelle storielle fuori luogo e, soprattutto, di nessun contenuto scientifico. Ma il maestro Guglielmo non lo permise, li fermò prima che si scaldassero. Lui aveva creduto a ogni parola del malcapitato calvo e non vedeva l'ora di chiedergli se conoscesse il contenuto di quella fiaba o se, ancora meglio, da qualche parte del mondo ne fosse conservata una copia.
Doveva essere prudente però, non voleva fare la figura del credulone, non lo avrebbero più rispettato. Inoltre, Coda Grigia non doveva sapere nulla di quanto esposto dal Calvo, era un uomo pericoloso e imprevedibile, meglio tenerlo lontano da quella pista. Senza contare che bisognava pensare anche a sottrarre dalle sue grinfie Mary Jane e Ilai…
A tal proposito, il maestro rimase fulminato, con la mano con cui stava sedando il tumulto sospesa a mezz'aria: che idea gli era venuta! Se c'era un posto al mondo in cui il prezioso manoscritto poteva essere conservato, quella era la Città di Sotto e, se era lì, probabilmente i ragazzi lo avevano ritrovato. All'improvviso sentì con tutto se stesso che quell'ipotesi era plausibile, assolutamente da verificare. Ma come?
Voleva restare solo, aveva bisogno di pensare. Esibendo una calma che non provava, dichiarò sospesa per quel giorno la riunione adducendo come scusa che era praticamente ora di pranzo e dovevano trovarsi puntuali all'erogatore. Si sarebbero rivisti l'indomani mattina, intanto lui avrebbe elaborato i dati forniti da ciascuno. Li congedò dopo aver usato il poco tempo che rimaneva per pronunciare qualche saggio

discorso sulla necessità di rimanere calmi, rispettare l'opinione di tutti eccetera.
Quando finalmente se ne furono andati, aprì l'erogatore che già urlava e consumò svogliatamente il suo pasto insapore senza smettere di pensare. Doveva parlare con i ragazzi, assolutamente, ma come poteva chiedere a Coda Grigia di vederli senza insospettirlo? Avrebbe posto un milione di domande. No. Doveva fare in modo che fosse lui stesso a chiedergli di incontrarli.
L'idea gli venne mentre si occupava del modulo ministeriale per il resoconto giornaliero della riunione con gli psicologi: andava compilato ogni giorno, con dovizia di particolari e con l'aggiunta di una breve lettera personale a commento della seduta stessa. Era lì la sua occasione: in quella lettera.
Scrisse:
"Il gruppo dei rappresentanti esperti di scienze del comportamento sociale, avendo esclusa ogni altra causa organica grazie al prezioso apporto del lavoro degli esperti in materia, si è orientata a ricercare la causa in qualche cedimento nella psiche delle persone morte finora. Qualcosa di potente e invisibile deve essersi insinuato nella mente di queste persone, come un chicco di sabbia in un perfetto ingranaggio, e deve averne provocato il ben noto blackout. Ma l'unico elemento di novità nella nostra vita perfettamente ordinata è stato il ritrovamento della Città di Sotto e il lavoro di ripristino del sito da parte dei cittadini Mary Jane e Ilai. A nostro avviso, vanno subito interrogati, anche se potrebbe essere pericoloso avvicinarli, pertanto, mi offro come volontario perché sono arrivato a un'età in cui, in ogni caso, non mi resta più molto da vivere.
Rimango in rispettosa attesa di istruzioni".

Ecco fatto. Se Coda Grigia avesse abboccato, lui avrebbe raggiunto due importanti obiettivi: tenerlo lontano dai ragazzi e avere la possibilità di rivederli.
Inviò. Rimase in attesa, febbrile, della risposta.

Capitolo V

Ilai sogna il mare

L’incontro con il maestro Guglielmo al luogo segretissimo

Aveva gli occhi chiusi. Stava sognando. Stava sognando il mare.

Ilai guardava l'enorme massa di acqua davanti a sé e rimandava il momento del tuffo per stupirsi davanti a quel gigante che si dondolava nelle onde, e veniva a leccargli i piedi come un cucciolo d'acqua che voleva giocare con lui. Era seduto sul bagnasciuga, con le braccia attorno alle ginocchia, i piedi inzuppati dall'ultimo arrivo di un'onda che si stava già sbriciolando nel suono della risacca.

Guardava lontano e pensava. O forse aspettava.

Che aspetti, Ilai? Che la tua amica Mary Jane arrivi a farti coraggio, a trascinarti in un'altra esaltante avventura? O aspetti che il mare ti racconti una storia? Una di quelle fiabe di draghi che tu ami tanto?

Lo so che fino a quando avrai il mare davanti ti sentirai al sicuro, perché il mare ti fa sentire bambino, ed è questo che tu sei, Ilai, non solo una bellissima mente, non solo un corpo chiuso perennemente in un involucro grigio. Tu sei un bambino.

Anche Mary Jane è una bambina. Siete due bambini in un mondo senza infanzia, due esuli, e ora due reietti, pericolosi, perché vi si è accesa la luce dell'infanzia negli occhi.

Dormi, e sogna il mare, tanto lo sai che per ogni orco c'è sempre un mago capace di farlo ragionare.

Arrivò nel tardo pomeriggio. Il tono era perentorio come sempre. L'offerta di occuparsi del caso "Città di Sotto", inoltrata dal maestro Guglielmo, era stata accettata. Doveva recarsi immediatamente al luogo segretissimo in cui venivano detenuti i ragazzi. Seguivano istruzioni, complicate da codici e procedure da ricevere passo passo sul suo palmare allo iodio da polso. Il maestro doveva raggiungere il luogo suddetto da solo e a piedi.

Fu molto faticoso per l'anziano stare dietro a tanta complicata burocrazia, inoltre camminare gli costava molta fatica, ma per nessun motivo avrebbe rinunciato a fare ciò che in quel momento gli stava più a cuore di qualunque altra cosa: salvare i ragazzi e leggere, forse con il loro aiuto, il racconto della maestra del Duemila. Quando finalmente la vide, fece molta fatica a rimanere impassibile. Mary Jane giaceva su di un letto di metallo, con molti aghi infilati nelle braccia e nelle gambe. La sua tuta era strappata. Il suo viso pallidissimo e gli occhi non completamente chiusi.

"… che ti hanno fatto, Mary Jane…" pensò.

Gli venne comunicato da una voce metallica proveniente da un interfono che da quel momento il luogo era in quarantena e che lui era l'unico responsabile addetto a comunicare con i ragazzi. Doveva ovviamente inviare giornalieri resoconti sullo svolgimento dell'operazione. Era sollevato, da quel preciso momento, dal suo compito di dignitario referente dello staff psicologi: l'incarico veniva intanto assunto da un altro dignitario, in attesa che lui verificasse la sua ipotesi sui ragazzi e sulla Città di Sotto. Aveva cinque giorni di tempo, al termine dei quali i cittadini Ilai e Mary Jane sarebbero stati inviati al campo di decontaminazione.

Il medico della base avrebbe provveduto a svegliarli, poi avrebbe abbandonato il rifugio lasciandoli soli.

Dopo qualche ora, i ragazzi giacevano di fronte a lui, su due letti uguali.

Sembrava dormissero ma un pallore innaturale, il capo reclinato sul petto con un abbandono troppo definitivo, raccontava che il loro stato d'incoscienza era ancora molto profondo. Il maestro si sedette di fronte a loro. Attese.

Quando si svegliarono, l'uomo li aggiornò su tutta la vicenda e, appena li vide abbastanza lucidi da poterlo intendere bene, fece loro la domanda che gli stava più a cuore: «Avete per caso trovato un racconto intitolato *Gli arcani della salvezza* laggiù?».

«Sì…»

«È bellissimo e sembra proprio…»

Si fermarono perché videro l'uomo piangere. Così. All'improvviso. Loro non avevano mai visto un uomo piangere; il viso bagnato, gli occhi trasparenti di acqua, erano un paesaggio inedito per quei due ragazzi con gli occhi arrossati dal sonno.

«Maestro…»

«Mary Jane, quel manoscritto potrebbe salvare la vita a tante persone, compresi noi che forse siamo sopravvissuti perché destinati a questo compito. Cosa c'era scritto, ve lo ricordate?»

«Io non ricordo molto bene la Città di Sotto, è tutto un po' confuso nella mia mente.»

«Sarà l'effetto del sonnifero.»

«O forse avevano già cominciato a decondizionarci cancellando i nostri ricordi.»

«Hai ragione, Ilai, dev'essere successa una cosa del genere. E sapete questo cosa significa?»

«Cosa significa?»

«Che dobbiamo assolutamente tornare laggiù a cercare il manoscritto.»

«Ce lo permetteranno?»

«Forse sì, ho cinque giorni di tempo in cui posso agire quasi liberamente. E voi con me, purché mi stiate alle costole e non tentiate di scappare o di avvicinare nessuno: vi credono contaminati e contagiosi, non esiterebbero a sopprimervi.»

«Tranne te, maestro, non c'è proprio nessuno in questo mondo con cui ci andrebbe di parlare» disse la ragazzina.

«Hai ragione Mary Jane, e se proprio dovessi scappare da qualche parte, me ne andrei nella Città di Sotto, cioè precisamente dove siamo diretti.»

«E cosa stiamo aspettando allora? Forza ragazzi, andiamo» e i suoi passi strascicati ebbero un guizzo d'inatteso vigore.

Coda Grigia li vide uscire grazie alle immagini della telecamera di cui il luogo segretissimo era dotato. Da quel momento non li avrebbe più avuti sotto gli occhi. Avrebbe potuto applicare un chip al maestro Guglielmo o chiedere a qualche militare di seguirli. Ma non lo aveva fatto. Perché?

Erano ragioni complesse le sue. Enigmatiche. Ambivalenti e oscure. Una parte del suo confuso essere era pericolosamente affascinata dai misteri della Città di Sotto, da quegli oggetti che gli avevano dato un brivido molto simile allo scricchiolio di una

coltre di ghiaccio sotto i piedi di chi sta attraversando un lago gelato.
Un sinistro e orribile cedimento. Un'emozione.
Ecco. Lo aveva attraversato un'emozione, simile a un lampo incandescente in una notte deserta di stelle. Non lo aveva dimenticato. Che andassero pure lì, che cercassero e frugassero a piene mani, loro, che potevano.
Lui avrebbe partecipato a quel frugare e imbrattarsi del mistero e della colorata innocenza di quel luogo, solo immaginandoli, mettendoli in movimento nella sua mente, arsa da una sete di controllo che non si estingueva, anzi, lo rendeva un deserto assetato.
E poi, li lasciava fare perché lui si sentiva potente, invincibile, li reputava poco furbi, poco attrezzati per mettersi contro di lui e le ragioni del mondo che lui rappresentava, avrebbe potuto schiacciarli in qualunque momento: ne era sicuro.
Controllarli? Seguirli? Un inutile spreco di tempo e di risorse: che andassero laggiù e svolgessero le loro indagini, che godessero pure di cinque giorni di libertà insignificanti. Potevano anche scomparire dai mille monitor per vivere un solo giorno e poi innumerevoli repliche di esso snodate in una fila infinita di altri uguali giorni.
Fuori da quelle sicure repliche c'era il vuoto pneumatico della storia, la non esistenza, che avrebbe risucchiato quei tre inermi figuri e una loro improbabile ribellione perché erano più piccoli di Davide contro uno spropositato Golia.

Capitolo VI

Il risveglio dei cittadini.

Coda Grigia si ammala.

Guglielmo e i ragazzi tornano alla Città di Sotto.

Intanto, i cittadini e le cittadine della Città di Sopra continuavano a morire.
Ogni giorno si vedevano sfrecciare nel cielo gli elicotterini di soccorso. Si dirigevano verso le case dei cittadini contrassegnati da una lettera e un numero, D6, T5, verso quelle sul cui muro esterno si era accesa una lucina rossa collegata a un sensore termico: era il segnale che il cittadino o la cittadina che vi abitavano era morto.
Le squadre arrivavano su segnalazione della centrale operativa allestita per far fronte all'emergenza. Il segnale arrivava prima a loro che provvedevano a individuare il luogo e a comunicare le coordinate alle squadre di soccorso. Atterravano, constatavano il decesso, prendevano la salma e la trasportavano direttamente all'inceneritore per evitare contagi, anche se non era chiaro a nessuno di cosa potessero essere contagiosi.
Tutta l'operazione non durava più di mezz'ora.
Dall'inceneritore continuava notte e giorno a salire una nuvola di fumo che un vento ostile si divertiva a sfilacciare a suo piacimento. Allora vedevi apparire su quel cielo grigio grafite dei fili bianchi come vecchi festoni di alberi di Natale di cui nessun cittadino aveva più memoria, vite sublimate in viaggio verso chissà che cosa.
Un giorno, nel big bus che riportava i pendolari a casa dopo il lavoro, un cittadino, alla vista di quel chiarore sulla pelle buia del cielo, muovendo appena la bocca disse: «Alba…». Un ricordo improvviso gli aveva attraversato la mente tracimando sulle labbra secche e mute. Qualcuno lo sentì, eppure aveva articolato a stento quei due suoni, così, intimamente, come si pronuncia una preghiera, ma qualcuno lo aveva sentito lo stesso o forse gli bastò l'eco impercettibile di quella parola perché balenasse anche nella sua memoria quel ricordo.
«Alba…» disse, più forte, e altri ripeterono alzando la testa all'improvviso, "alba… alba… alba…" come una piccola scossa che li attraversò, un telefono senza fili da vita a vita, da memoria a memoria. Presero a ridere, ad alzarsi, a battere le mani, così, insensatamente, o forse solo loro sapevano cosa vuol dire possedere un ricordo, e null'altro. Continuarono la loro gioiosa celebrazione fino a quando dall'interfono

arrivò la voce con l'ordine di fare silenzio e rimettersi seduti. Per ragioni di sicurezza. Obbedirono. Erano abituati.
Si rimisero seduti, con gli occhi ancora accesi e il cuore che ancora batteva la grancassa di quel festino inatteso: si erano svegliati.

Il risveglio di Novak

"Fiabe, maestà, sono le uniche che producono gli anticorpi dei desideri e della speranza."

Coda Grigia, il cui vero nome era Novak, s'imbattè in questa frase, mentre se ne stava laggiù, rannicchiato sul cuscino, come aveva visto fare ad Ilai.
Da una settimana tornava laggiù tutti i giorni; non si chiedeva più perché.
Aveva smesso di costruire scuse, architetture di ragioni inoppugnabili: il controllo, la Ragione di Stato. Quella logica gli si era sciolta dentro come ghiaccio fuso. Lui desiderava stare lì, tornava in quel luogo come un innamorato alla sua amata, senza altra ragione per farlo che il puerile feroce bisogno di rivederla, di lasciarsi avvolgere dalla sua esistenza, voluttuosamente inerme, imbelle e colpevole, ma già oltre la colpa, oltre la ragione e le ragioni, oltre: desiderio puro, ecco cos'era diventato.
Da quanto tempo non desiderava così? Troppo, anche per sapere che forse avrebbe potuto resistere anche a tanto.
Novak leggeva, alla luce della sua torcia al plutonio, e quel giorno s'incagliò in quella frase che fece scoppiare altri argini dentro di lui, gli aprì altri squarci dentro, dai quali esondarono violente le emozioni, compresse, fino ad allora. Fuoriuscirono dalla pelle e dagli occhi, in un pianto disperato e dolce, senza apparente ragione, inarrestabile e sconnesso.
Quando si calmò, Novak rilesse e rilesse ancora quelle parole; le lambiva con lo sguardo ancora umido, le coccolava pronunciandole sommessamente, come una nenia o una formula magica in una lingua antichissima e dimenticata. Il desiderio e la

speranza. Aveva permeato la sua mente con l'ideologia del Leader e del suo Perfetto Sistema di Governo, si era irrigidito nel ruolo di controllore e censore, lo aveva potuto fare perché non aveva più desideri suoi e non gli serviva più la speranza di poterli realizzare: aveva abdicato a se stesso per un uomo qualunque al servizio di un'ideologia.

La speranza è morbida, è viva, crea, aspira a trovare spazi ai desideri, sono entrambi claustrofobici di realtà. Nel mondo di Novak, un gesto così creativo era inammissibile.

"Che vuol dire desiderare?"

Lo cercò affannosamente sul suo decoder tascabile.

De sidera, via dalle stelle.

"Lontano dai propri sogni si è senza luce, soli, spaiati dagli agglomerati luminosi di costellazioni viventi di uomini, donne, bambini, animali, alberi, desiderosi, speranzosi di poter tornare a vedere quelle stelle. *De sidera*, voglio rivedere la luce."

Fiabe, maestà, l'eroe combatte e vince sempre perché lui è nel giusto;
sono le uniche che producono, creano dentro, ingravidano il futuro;
gli anticorpi, la medicina, la pozione magica che fa ritrovare la strada di casa;
gli anticorpi dei desideri e della speranza.

"Cosa devo fare adesso che desidero vivere, che spero di non morire, che sono di nuovo vivo?" si chiese, smarrito.

Una settimana dopo, Novak era nel suo ufficio.

"Spe l dignitar Nov conf ques …"

Non capiva. Leggeva e gli scomparivano le lettere dalle parole, eppure erano lì perché se strofinava gli occhi le vedeva in bella mostra e ordinate nell'email giornaliera di comunicazioni sull'emergenza epidemia.

"… con la pr… comu che..." Di nuovo.

Novak, stizzito, si alzò. Era un uomo imponente. Voleva raggiungere il muro di fronte al tavolo dietro al quale era seduto, voleva attivare il dispositivo di lettura vocale della corrispondenza direttamente dal pannello di controllo di tutti i suoi aggeggi elettronici. Era un viaggio breve, ma lui non raggiunse mai la meta. Riuscì solo ad alzarsi, poi sentì le gambe gelatinose e troppo fragili per reggerlo. Cadde. Rimase lì sul pavimento pochi secondi esterrefatto, reagì quasi subito cercando di rialzarsi: fece leva su di una gamba, sull'altra, sulle braccia. Era molto sudato quando capì che non sarebbe riuscito a tirarsi su, almeno non senza l'aiuto di qualcuno. Fu in quel momento che comprese ciò che veramente lo terrorizzava di quella inspiegabile situazione: aveva paura che qualcuno entrasse e lo vedesse così. Poi si calmò perché era chiaro che nessuno avrebbe potuto far ingresso nella stanza senza il suo permesso. Si raggomitolò in posizione fetale e mise l'avambraccio davanti al volto, come a volersi difendere da qualcosa. Chiuse gli occhi e si addormentò.

Lo ritrovarono il giorno dopo, quando si decisero ad aprire la porta perché un cittadino aveva segnalato che un erogatore di cibo aveva urlato tutta la notte: qualcuno non aveva provveduto a ricevere e consumare il suo pasto.

Guglielmo e i ragazzi camminavano nelle strade deserte di una città fantasma, sovrastata da enormi costruzioni e da un cielo grinzoso. Si orientarono a fatica in quel paesaggio spettrale e sempre identico a se stesso come un deserto. Sbagliarono spesso strada, tornarono indietro e ripartirono, mentre nell'aria le sirene lugubri di qualche allarme continuavano a saturare l'aria di funesti presagi.

Dopo quasi due ore, scorsero l'edificio della SASCA, la scuola dei ragazzi, di fronte alla quale c'era la grata, il confine, la terra promessa che stavano cercando.

Erano esausti, ma quella vista li rinvigorì. I ragazzi istintivamente corsero verso il miraggio, poi però tornarono indietro ad aiutare il loro maestro, decisamente affaticato. Attraversarono, sollevarono la grata, s'infilarono piano nel mondo sotterraneo, atterrando in quel luogo che sembrava attenderli: non appena i sensori di movimento rilevarono la loro presenza, tutto si accese. La giostra cominciò a girare, luminosa come non era mai stata; la macchina per lo zucchero filato si animò con la sua musichetta da antichissimo circo con gli uomini volanti, i clown dal naso rosso e i cavalli con il pennacchio come quelli della giostra. Anche la biblioteca si accese di lampadine al mercurio liquido, diffondendo un alone azzurrino su quelle placide creature di carta.

I ragazzi guidarono il maestro nel corridoio che precedeva lo slargo dove avevano ritrovato la scuola. Lì c'era il cuscino su cui di solito si sedevano a leggere. Lì si trovavano quando erano venuti ad arrestarli. Il manoscritto, se non lo avevano preso i gendarmi, doveva essere ancora lì.

Arrivarono sul luogo e lo videro: il cuscino sembrava chiedere: "Cosa vi è successo?" ma del manoscritto nessuna traccia. Fu un attimo di resa e sconforto, ma poi Ilai si scosse e quasi si tuffò sul cuscino da sotto al quale estrasse il prezioso incartamento. Quando lo avevano arrestato, forse, nell'ultimo attimo di lucidità, aveva provveduto a nasconderlo lì sotto.

Fecero accomodare il maestro sul cuscino e loro si accoccolarono ai lati.

Ilai, con la sua bella voce, lesse.

Alle fine della lettura il maestro Guglielmo fece ancora quella strana cosa degli occhi da cui sgorgava acqua.

«Dobbiamo leggere questa storia a tutti cittadini del mondo.»

«Non ce lo permetteranno mai» fece Mary Jane.

«Dobbiamo trovare un modo, e il modo è uno solo.»

«Quale?» domandarono in coro i due ragazzi.

«Dobbiamo convincere il dignitario Novak a leggerla o a farcela leggere.»

«Coda Grigia?» esclamarono all'unisono i due ragazzi.

«Proprio lui. Dobbiamo tornare immediatamente al luogo segretissimo, faremo un piano e poi lo contatteremo. Vi prometto che un modo per convincerlo lo troveremo.»

«Andiamo allora.»

«Sì, andiamo, sono curiosa di sapere cosa t'inventerai, maestro» disse Mary Jane.

«Inventeremo: siamo una squadra ragazzina, non te lo dimenticare.»

Uscirono e ripresero la strada per tornare al luogo segretissimo.

Quando lo videro disteso sul letto che fino a poche ore prima ospitava Mary Jane, ebbero voglia di fuggire. Ma non fecero in tempo a mettere in atto questo o altri propositi. Coda Grigia aprì gli occhi ed esclamò: «Anche voi qui. Siamo tutti morti?».

«Dignitario Novak, cosa le è successo?» chiese il maestro Guglielmo che era riuscito a ritrovare un filo di voce.

«Forse sono morto, ma se voi non siete morti temo di non sapere cosa ci faccio qui. A proposito, ma dove siamo?»

Continuarono per un po' a congetturare fino a quando stabilirono, senza ombra di dubbio, che non erano morti e che quello era il Luogo Segretissimo dove portavano le persone da tenere in osservazione, una specie di anticamera del campo di decontaminazione.

«Perché l'hanno portata qui?»

«Non lo so, non ricordo nulla. Ricordo solo che mentre dormivo ho fatto un sogno. Lo volete sentire?»

"… ma che gli ha preso a questo qui? È diventato gentile tutto a un tratto…" pensavano Mary Jane e Ilai.

Il maestro Guglielmo si affrettò ad avvicinare gli unici tre sgabelli presenti nella stanza al letto su cui il dignitario si era sollevato a sedere.

«L'ascoltiamo.»

«Nel mio sogno c'era un bambino che giocava a saltellare in una pozzanghera, indossava calzoni corti e calzini bianchi alle caviglie. Mentre saltellava, schizzi di acqua e fango gli imbrattavano le ginocchia. Lui non sembrava preoccuparsene, anzi, ogni nuovo schizzo gli provocava una risata, fino a quando furono ricoperte di quelle macchie marroni anche le braccia nude, il viso, gli abiti estivi che indossava.

Quelle macchie acquose all'improvviso presero consistenza, il fango s'indurì e quel bambino si sfregava senza riuscire a ripulirsi. Il sole era tornato, il gioco era finito, forse voleva rientrare a casa, ma non poteva, in quelle condizioni sarebbe stato sicuramente rimproverato, punito. Io lo guardavo, da lontano, e mi sembrava di sentire i suoi pensieri. Il bambino s'incamminò, ma le sue gambe sembravano orribilmente appesantite da quella melma dura che le ricopriva come una seconda pelle ormai: si era estesa a tutto il corpo, ma quando? Era accaduto tutto in un attimo. L'attimo seguente quel bambino era un soldato, immerso nel fango di una trincea. Sentivo i fischi dei razzi al plutonio, il baluginare violento delle esplosioni: che strano, un'antica guerra di trincea combattuta con armi del Tremila. Ma dov'era il mio bambino? Non lo vedevo più, c'erano solo fumo e urla strazianti. Poi, silenzio. La scena divenne sempre più scura. Ricominciò a piovere, scendeva una pioggia nera, compatta, come un drappo fosco che scendendo cancellava il paesaggio fino a renderlo vuoto come lo spazio cosmico.

Avevo freddo e continuavo a chiedermi dove fosse quel bambino, ne sentivo un'acuta nostalgia, ritrovavo dentro di me sentimenti provati talmente tanto tempo addietro da sembrarmi quasi un'altra vita.

All'improvviso un chiarore aurorale, di forma sferica, mi si avvicinò sempre di più, fino a quando mi si parò davanti e potei scorgere che in realtà era uno specchio. Solo che non rifletteva il mio volto, dentro a quello specchio c'era l'immagine del mio bambino, l'avevo ritrovato finalmente. Allungai la mano, volevo accarezzargli il viso, ma con mio enorme stupore vidi quel gesto riflesso nello specchio.

Allora capii. Ero io quel bambino, sanguinante e immensamente solo in quello spazio cosmico.

Proprio mentre credevo d'impazzire d'angoscia, mi sono svegliato.»

«Un brutto incubo.»

«Se permette, dignitario Novak, lei è molto cambiato. Come mai?» chiese Mary Jane, suscitanto in Ilai uno sguardo di ammirazione per la sua amica che osava rivolgere una domanda a Coda Grigia. Aveva la bocca aperta e sembrava stesse per pronunciare: "Figo…".

«Mi sono ammalato anch'io, come voi, suppongo: fascinazione da Città di Sotto. Sono tornato spesso laggiù a vostra insaputa, dev'esserci qualcosa nell'aria, negli oggetti… in quei libri. È come se mi fossi svegliato da un altro sogno, più lungo, il sogno in cui ho vissuto quasi tutta la mia vita, non ci capisco più niente: cosa è reale?

Cosa è illusione? E soprattutto: cosa ne sarà di noi? Chi può saperlo…»
«Io credo di poter provare a rispondere a tutte queste sue domande» intervenne Maestro Guglielmo.
Tutti lo guardarono con un'attenzione talmente intensa da sembrare solida.
«Avete voglia di ascoltarmi?» Lo fissarono come per dire: "Allora? Quanto ci metti a cominciare?".
«Bene.» Il maestro Guglielmo raccontò a Novak del manoscritto e di tutto quanto avevano capito loro di quella ingarbugliata faccenda.
«Solo lei può salvare se stesso, noi e la vita su questo pianeta» concluse.
I ragazzi puntarono gli sguardi su Novak che rispose: «Ne è sicuro, maestro Guglielmo? Io? E cosa potrei fare?».
«Deve leggere *Gli arcani della salvezza* a tutta l'umanità.»
«Ammesso che la sua teoria sia vera, e già su questo nutro qualche dubbio… ma come crede che me la caverei con il Leader e le sue milizie se facessi una cosa del genere? Si precipiterebbero ad arrestarmi dopo una manciata di parole. Inoltre, uscendo da questo luogo dove mi hanno confinato, sarei immediatamente dichiarato disertore, con tutto quello che ne consegue. Mi sparerebbero a vista.»
«La teoria è vera e lei lo sa» irruppe Mary Jane. «Ci vuole coraggio, certo, ma si decida a essere dei nostri, poi un modo lo troviamo.»
Mary Jane era stata grande, agli occhi di Ilai quel discorsetto appassionato apparve memorabile, in quel momento si consacrò suo discepolo per il resto della vita, se fosse riuscito a salvarsi. Voleva parlare anche lui, proporre qualcosa, lasciare intendere quanto fosse disposto a rischiare. Forse per questo nella sua incredibile mente prese forma un'idea: «Io sono un hacker, potrei bloccare tutta la rete telematica che ci lega al resto del mondo, potrei mandare in rete immagini di giorni precedenti, tanto sono tutti uguali, avremmo dodici ore di tempo in quanto alla fine della giornata il dignitario che ha sostituito Novak dovrebbe mandare il suo resoconto giornaliero. A proposito, per neutralizzare sia lui che la polizia, l'unica arma che abbiamo a disposizione è la torcia a fascio paralizzante del dignitario. Che ne

pensate? Giusto il tempo di permettere al dignitario Novak di tenere un discorsetto alla cittadinanza: Coda Grigia è bravissimo ad arringare la folla!».

Gli era scappato. Guardò gli altri con lo sguardo atterrito del ladro sorpreso in flagrante, ma invece nessuno gli badò. Novak, per niente risentito, prese la parola e commentò: «Davvero sapresti farlo?».

«Con l'aiuto di Mary Jane posso fare miracoli.» Iperbolico e devoto, Ilai aveva gli occhi di un azzurro a scaglie luminose in quel momento.

«Maestro Guglielmo, lei cosa ne pensa?»

«Penso che valga la pena provare. Dopo la lettura porteremmo laggiù tutti i superstiti, a gruppi, come se fosse un campo di salutare contaminazione.»

«E poi? Ammettiamo pure che tutto vada come noi vorremmo che andasse, come faremo a rientrare nel mondo attuale?»

«Novak, a questo penseremo strada facendo, se le nostre tesi sono giuste e in questa città si fermerà l'epidemia, allora ci dovranno ascoltare. Non possono essere così pazzi da preferire la morte all'idea di cambiare il mondo, è già cambiato un sacco di volte, che volete che sia una volta in più.»

«Vorrei avere la vostra stessa fiducia, ma non credo che andrà tutto liscio come state immaginando. Io conosco meglio di voi i nostri nemici.»

«Chi si metterà contro di noi morirà Novak, è solo una questione di tempo. Dobbiamo agire, prima che sia troppo tardi anche per noi. Ci autorizzi a procedere dunque, in qualità di unica autorità politica qui presente» concluse Guglielmo.

«Vi autorizzo, non per l'autorità politica di cui sono stato certamente privato, ma come matto di un gruppo di matti che forse salveranno il mondo.»

Seguirono urla di gioia. Poi, cominciarono a mettere a punto il loro dettagliato piano.

Intanto, poco distante da quel luogo, alla città di Sopra, gli elicotterini di soccorso, che in realtà si occupavano del trasporto cadaveri, lavoravano senza sosta.

Alla popolazione decimata era vietato uscire dai minuscoli appartamenti. La città era stata anestetizzata: niente lavoro, niente scuola, tutti fermi ad aspettare che gli scienziati e le equipe di esperti nei più svariati campi del sapere umano lavorassero febbrilmente notte e giorno, si alternassero ai computer, ai microscopi elettronici, alle provette laser, alle autopsie realizzate con squadre di robot supervisionate da un esperto medico cibernetico, e trovassero una soluzione. Era un chiaroscuro di silenzio e attesa con un negativo fotografico di fervente attività. E non era insolito vedere un medico, un assistente, un luminare informatico, chimico, fisico, batteriologo, accasciarsi all'improvviso sul suo disperato lavoro e morire così, sotto gli occhi stupiti dei colleghi.

Ma quelli che più di tutti perivano a decine erano i soldati, i gendarmi, i miliziani, e i dignitari politici. Era un continuo sostituire e bonificare uffici. Non se ne veniva a capo. Ogni giorno la lotta continuava impari tra quella forza sconosciuta e la sofisticatissima tecnologia di quella città, di quelle nazioni, di quell'immenso pianeta interconnesso, accomunato da un'esperienza che non aveva precedenti nella storia dell'umanità: la più devastante epidemia di morti bianche di cui si avesse mai avuto notizia.

I nostri arrivarono in città procedendo cautamente, cercando di sfuggire alle telecamere di sorveglianza di cui era tappezzata. Novak guidava il gruppo, i ragazzi aiutavano il maestro Guglielmo a stare al passo. Avevano bisogno di un computer e di una base operativa, i loro PC da polso non erano adeguati alla complessa operazione che aveva in mente Ilai.

Si divisero: Ilai e Mary Jane sarebbero andati a casa della ragazzina a recuperare l'aggeggio elettronico giusto. Novak e il maestro Guglielmo si sarebbero rifugiati alla Città di Sotto, ammesso che fossero riusciti ad arrivarci senza essere visti e arrestati: era pericoloso camminare in quella città che sembrava sotto un allarme da coprifuoco. Era deserta, il cielo livido di foschia sembrava il volto di un uomo morente e incombeva su di loro come un'oscura minaccia. I ragazzi dovevano prendere anche le poche scorte alimentari concesse a ogni cittadino, erano digiuni da un giorno ormai e chissà quanto sarebbe durato il loro assedio.

«Dignitario Novak, buona fortuna, abbia cura del maestro Guglielmo.» Si congedò così Mary Jane e Ilai aggiunse: «Vi aspettiamo laggiù, fate presto».

Ebbero fortuna. Dopo circa due ore avevano installato la loro base operativa alla Città di Sotto, avevano mangiato qualcosa e Ilai, seduto sul cuscino di broccato, con il suo potente Pc sulle gambe incrociate, stava già architettando l'inganno telematico promesso.

«Quanto ci vorrà?»

«Non lo so, devo superare tutti i firewall dei server…»

«Lo so cosa devi fare, Ilai, dimmi solo secondo te quanto ci metterai a farlo.»

«Non lo so, non sono intelligente come te… e potrei anche non riuscirci» quasi gridò Ilai che, forse, solo in quel momento realizzò quale enorme responsabilità si fosse assunto.

Mary Jane lo guardò. Quell'azzurro negli occhi di Ilai riusciva sempre a farla sentire smarrita.

«Dai ragazzino, sei il migliore, non te lo dimenticare. Io mi metto qui e sto zitta.»

«Grazie, Mary Jane.»

***

Il Maestro Guglielmo chiacchierava con Novak: era proprio curioso di conoscere la genesi di quella incredibile mutazione e Novak sembrava non vedere l'ora di raccontare a qualcuno la sua straordinaria avventura spirituale.

«Dunque. Ho cominciato ad andare alla Città di Sotto perché volevo capire cosa avesse acceso quella strana luce negli occhi dei cittadini… sì, di Ilai e Mary Jane. Appena sono entrato qui, la prima volta, la giostra si è illuminata e ha preso a girare, la macchina dello zucchero filato ha cominciato a gracchiare una musichetta. Ero stordito, mi sarei aspettato qualche diavoleria elettronica, conoscendo le grandi menti dei ragazzi ho immaginato che fossero stati sedotti da qualcosa del genere, invece ho dovuto consultare il mio decoder universale tascabile per capire cosa fossero quegli oggetti, a che uso erano destinati nel loro mondo, come si chiamassero. Un mondo, maestro, capisce? Qui sotto c'è un mondo ritenuto morto e sepolto, e invece vive ancora, nelle viscere della nostra perfetta città. Erano oggetti per bambini, lo capii, mi trovavo in un luna park. Lei è mai stato condotto in un luna park? No, vero? Non bastano nemmeno novant'anni per poter ricordare un'epoca in cui i bambini non erano solo menti da generare e allevare in laboratorio. Io ho combattuto le guerre intergalattiche, ho visto morte e distruzione, eppure niente mi ha fatto tremare, niente mi ha turbato come quegli innocui oggetti, erano così… invitanti, capisce? Sono tornato quaggiù molte volte, e ogni volta rimanevo confinato nella libreria di Ilai: ha visto che miracoli ha fatto con quei libri? È un ragazzino veramente straordinario. Mi nascondevo tra i libri, per non subire il richiamo di quegli oggetti, per non cedere alla tentazione di salire su quella giostra o di mettermi a ballare al ritmo della musichetta. E poi, tenere in mano un volume: che piacere dimenticato! Odorarlo, toccarlo, ascoltare i suoni emergere dalle pagine, sentirle frusciare sommessamente: è un oggetto così vivo, un libro…

Pian piano li ho letti tutti, fino a quando mi sono imbattuto in quello di fiabe…

… fiabe, maestro, sono le uniche che producono gli anticorpi dei desideri e della speranza…

Speranza significa desiderare, ed è proprio questo che noi abbiamo creduto di poter estirpare dal nostro perfetto esistere: il desiderio. Che illusione! Io, alto dignitario di un mondo perfetto, uomo capace di controllare grandi masse di cittadini, mi sono scoperto a desiderare di salire su di una giostra, di ballare al ritmo di una musichetta da circo, se lo ricorda cos'era un circo? Neanch'io. Anche quello ho dovuto imparare sul mio decoder. Gli uomini volanti, i clown con il naso rosso, i cavalli con i pennacchi. Li avevo dimenticati, ma non avevo dimenticato i desideri di un bambino: sognare a occhi aperti, sentirsi libero in un galoppo sfrenato su di una giostra, danzare sotto la pioggia. Questo non si riesce mai completamente a estirpare dal cuore di un uomo, e se lo si fa, quell'uomo perde la speranza, uccide i suoi desideri e muore.

Ci siamo ammalati di mancanza di umanità, ci è successo questo, vero? Io non sono morto, così come lei, Ilai, Mary Jane, perché abbiamo ricominciato a desiderare. Che

ne sarà di tutte le persone là fuori, come faremo a convincere i nostri governanti, lei crede davvero che per noi ci sia ancora una possibilità di salvezza?»
«La speranza, Novak, non perdiamo la speranza. Venga, andiamo a vedere se i ragazzi hanno bisogno di aiuto.»

***

«Ci siamo.»
«Siamo pronti. Al vostro via scollegherò la città dal resto del mondo, rimarremo in isolamento telematico per circa dodici ore, poi dovrò ripristinare il collegamento perché qualcuno comincerebbe a notare che le immagini di sorveglianza sono sempre le stesse. Dodici ore, non un minuto di più; mi spiace, non sono riuscito a fare di meglio.»
«Sei stato fantastico, Ilai. Dodici ore ci basteranno. Dignitario Novak è pronto?»
«Sì, maestro. Mi dia il manoscritto, lo leggerò da solo mentre voi chiamate a raccolta la cittadinanza, fateli venire tutti al palco della piazza centrale, basterà inviare un sms a questo numero, è un generatore automatico di "mandati di comparizione immediata al palco della piazza centrale" e prendete questo per neutralizzare la polizia.»
Novak consegnò loro un'arma molto temuta e in possesso solo del dignitario al comando di una città: la torcia a fascio paralizzante, capace di immobilizzare chiunque per almeno ventiquattr'ore.
«Si sieda sul cuscino, Novak. Mary Jane, tu accompagnalo. Ilai rimarrà qui a sorvegliare il computer. Io andrò là fuori ad affrontare la folla, o meglio "arringare", come dice il ragazzino.»
Ilai sorrise, non gli dispiaceva essere chiamato così dal maestro Guglielmo.
In un attimo si disposero come lui aveva deciso.
«Maestro, l'accompagno là fuori, potrebbe aver bisogno di aiuto.»
«Va bene, prendi tu quest'aggeggio, io non amo le armi, sono sicuro che all'occorrenza esiterei ad usarla.»

«Dia a me, io non esiterò se qualcuno verrà a disturbarla.»
Il maestro Guglielmo ammirò in cuor suo la determinazione e la fiducia di quei ragazzi.

C'era un silenzio immobile e uguale a se stesso in ogni angolo, in ogni ritaglio di cielo e terra, accentuato dal grigio nero bianco sbiadito che avvolgeva tutto. Mary Jane e il maestro Guglielmo ne furono investiti appena oltre la grata, come un'onda anomala che li colpì in pieno viso. Raggiunsero il più rapidamente possibile il palco della piazza centrale e, una volta lì sopra, inviarono un "mandato di comparizione immediata" al luogo suddetto via sms a tutti i cittadini della Città di Sopra. La polizia, messa in allarme da quella silenziosa mobilitazione che si andava via via ingrossando, arrivò nei pressi del palco: erano rimasti in pochi, erano stanchi e spaventati da quelle morti inspiegabili, bastò puntargli contro l'arma di Novak perché si mettessero ad ascoltare come tutti gli altri cittadini. Il maestro Guglielmo fu felice che Mary Jane non fosse stata costretta a usare l'arma.
Arrivavano. Con il corpo inguainato nell'eterna tuta, quella seconda pelle sgualcita dall'attesa insonne degli ultimi giorni, o forse dal confino nelle abitazioni minuscole, adatte per quelle vite orbe di orizzonti, ridotte a gesti da ripetere come un mantra senza cuore.
Arrivavano. Senz'attesa negli sguardi, senza speranze da congetturare con il vicino di viaggio. La folla, decimata da 140.000 unità a sole 40.000, si presentò e stette immobile, in un silenzio straziante.
Il maestro Guglielmo prese la parola. Mary Jane disponeva i suoi aggeggi elettronici dopo averli presi dalla cassetta degli attrezzi; l'aveva recuperata dalla Città di Sotto dove teneva il suo armamentario a disposizione per i lavori di restauro. Prese l'olografo che le permetteva di creare ologrammi del maestro negli angoli più lontani della piazza, perché tutti potessero vederlo e udire la sua voce amplificata da un esaltatore di onde sonore spray: bastava inalarlo e la propria voce poteva essere udita a grandi distanze.

«Cittadini, buongiorno a voi. Sono il maestro Guglielmo e sono qui per avvisarvi che tra pochi minuti, su questo palco, si presenterà il dignitario Novak, il quale ha qualcosa di molto importante da comunicarvi. Qualcosa che riguarda la vostra, la nostra sopravvivenza. Vi chiedo di ascoltarlo con la massima attenzione. Se lo farete, domani potrà sorgere l'alba di una nuova vita per tutta l'umanità.»

Alba. Quella parola fu come una cascata d'acqua fresca su povere piante appassite, le corolle dei volti lentamente si sollevarono, cercarono il volto dell'uomo che l'aveva pronunciata come un girasole cerca la luce. Un balbettio di suoni sommessi irrorò per un attimo l'aria densa, stemperando quel silenzio completamente saturo.

Poi comparve sul palco il dignitario Novak, come evocato da forze soprannaturali. Era un uomo imponente; camminava lento e deciso, aveva dei fogli in mano, antichissimi fogli di carta di cui pochi conservavano memoria. Mary Jane provvide a inalargli l'esaltatore di onde sonore. Quando cominciò a parlare, aveva qualcosa di ieratico che svegliò definitivamente la folla, sedotta dal suo nuovo luminoso sguardo.

"… occhi... occhi così non ne vedevo da tanto tempo…" pensò Mary Jane, colpita da quanto il dignitario fosse cambiato.

Parlò, spiegò, lesse, parlò ancora. Non c'era tempo per portare tutti in visita alla Città di Sotto: rimanevano poco più di nove ore alla fine delle dodici trafugate da Ilai alla vita reale di quel luogo e di quel tempo. Riuscirono a organizzare gruppi di cento persone alla volta, per dieci minuti di visita ciascuno. Dopo cinque ore, erano stremati e quasi folli di stanchezza ma circa tremila persone avevano visto la giostra, la macchina per lo zucchero filato, il cuscino, i libri, avevano ascoltato una fiaba. Venivano riaccompagnati alla grata e congedati con il preciso compito di raccontare ciò che avevano veduto e sentito al maggior numero di persone possibile. Il tempo stava per scadere, dovevano tornare tutti a casa, ripristinare l'ordine, il silenzio, persino lo smog, che sembrava essersi diradato per tutti quei respiri, sospiri, parole, ora doveva ritornare alla sua naturale densità. Era il momento di elaborare il piano più complesso: ritornare nel tempo e convincere i governanti al cambiamento. Solo così il resto dell'umanità sarebbe stato costretto a cambiare.

Ma come fare?

Si ritrovarono alla Città di Sotto, assieme al responsabile della polizia locale e al dignitario in carica: il signor Slide. La loro fascinazione decontaminante non era ancora completata, erano più che altro ostaggi del "gruppo dei matti", come avevano scherzosamente preso a chiamarsi, anche se da scherzare, adesso, non c'era molto. Anzi.

Tutti i cittadini della Città di Sopra erano stati congedati con la richiesta di stare in casa tranquilli, qualunque cosa fosse successa.

La situazione, di lì a poco, sarebbe diventata difficilissima. I dignitari nazionali, appreso lo stato di anarchia in cui versava la città, si sarebbero precipitati in forze, magari con l'esercito, a ripristinare immediatamente l'ordine. Il "gruppo dei matti" sarebbe stato senza indugio deportato al campo di decontaminazione o forse immediatamente all'inceneritore per maggiore sicurezza: si erano resi responsabili di alto tradimento, frode telematica, e un'altra lunga scia di reati ritenuti gravissimi in quel mondo.

Passarono ventiquattr'ore senza che nulla accadesse. Le scorte di acqua e cibo erano ormai praticamente esaurite. Ma come mai non venivano ad arrestarli? Strano… forse erano lì, fuori dalla grata, ad attendere che uscissero stremati dalla fame, dalla sete, dalla paura. Chissà.

Alla fine del secondo giorno, a scorte esaurite, stanchi di aspettare, decisero di andare a dare una sbirciatina all'imboccatura della grata. Niente. Sollevarono l'inferriata e Mary Jane si offrì di uscire per un'ispezione nelle immediate vicinanze.

«Si sentono delle voci. Vado a vedere.»

«Torna subito qui! È pericoloso!» gridò il maestro Guglielmo, ma Mary Jane si era già avviata.

Tornò di lì a non molto. Trafelata. Con il volto acceso per la corsa. Visibilmente sconvolta.

«Venite, presto! Non ci posso credere… Ilai devi assolutamente vedere quello che ho

visto io. Forza, uscite, ma fate presto!»
Uscirono: Ilai con un balzo, il dignitario Novak con qualche difficoltà a causa del suo fisico possente, il maestro Guglielmo pian pianino per via dell'artrosi. I loro prigionieri approfittarono del trambusto per guadagnare anch'essi l'uscita. Si sbrigarono il più velocemente possibile e, una volta fuori, presero a seguire Mary Jane che, raggiunta da Ilai, stava correndo da qualche parte.
Quello che si presentò ai loro occhi, una volta raggiunta la piazza principale dove Novak, un paio di giorni prima, aveva "arringato la folla", fu davvero uno spettacolo incredibile quanto inatteso.
Era stato montato un maxischermo a cristalli fosforescenti che in quel momento stava proiettando la carta del Matto.
Gruppi sparsi di cittadini parlavano! Anzi, confabulavano tra loro, colmi di un'eccitazione mai vista né concepita da quelle parti.
«Che succede?» chiese Mary Jane ad un cittadino che si godeva la scena con un sorriso che sembrava appena stirato e messo sulla faccia.
«Fanno i matti» e rise, gorgogliando in modo inusitato.
Ilai corse verso il palco, giusto in tempo per rendersi conto che proprio sotto di esso erano state sistemate due file di sgabelli ergonomici su cui sedevano quattro alti dignitari nazionali riconoscibili da alcuni stemmi sulla tuta e un drappello di soldati alle cui spalle, poliziotti locali armati, sembravano tenerli sotto mira: li avevano sequestrati!
«Mary Jane» urlò Ilai indicando la scena, mentre Novak, che sovrastava tutti, arrivò reggendo il maestro Guglielmo per un braccio e quasi sollevandolo da terra a causa del dislivello delle loro altezze. Nessuno ebbe il tempo di commentare, perché un rumore di piatti e tamburi elettronici diede il via allo spettacolo più esilarante che si fosse mai visto nella Via Lattea e dintorni da almeno mille anni.
Si esibì su quel palco un gran numero di cittadini in buffissime performance di salti, piroette, giravolte, accchiapparelli e carriole, con quei corpi arrugginiti che scricchiolavano sinistramente sotto la coltre assordante di musica funk-tecno

progressiva risalente ad almeno cinquecento anni prima (chi la sentiva più la musica, nel mondo perfetto del Leader? Nessuno. Non erano abituati).

All'improvviso calò sullo schermo la carta del Carro.

Ci fu un attimo di blackout perché forse adesso il gioco consisteva nello scambiarsi dei doni, ma siccome nessuno possedeva niente, ecco che presero a spogliarsi, letteralmente, dell'unico bene di cui al momento disponevano: le tute!

Tutti si spogliavano mostrando corpi bianco latte stinto con la candeggina, così sembrava, e con cameratesche goffe arie da calciatori alla fine di partite internazionali, si scambiavano quell'unico imperituro bene che finalmente divenne un po' più variegato perché a taluni cadeva molle e argenteo come una tuta "moda Positano", a tal altri si appiccicava addosso tipo "moda minigonna anni '60".

Un delirio, un tripudio, un mercatino rionale, a cui solo il gruppo dei matti veri non partecipava perché non riuscivano a staccare gli occhi da quella specie di film di cui, avendo saltato l'inizio, non capivano molto il senso.

Ma la vera apoteosi si sarebbe scatenata di lì a poco, e così fu. Quando comparvero gli Amanti sullo schermo, la musica si calmò, attaccarono le note preistoriche di *Mandy* di Barry Manilow. E allora quei cittadini cominciarono a toccarsi in una danza primordiale, e poi ad abbracciarsi con evidente pudore e imperizia, poi con sempre maggiore trasporto e così via. Una scena pazzesca. Anche Ilai e Mary Jane si presero per mano. E basta, perché gli veniva troppo da ridere, mentre Novak e il maestro Guglielmo si davano sonore pacche sulle spalle come se fossero a messa a scambiarsi il segno di pace. Quando Manilow ritornò nel suo giurassico oblio, lo schermo rimase vuoto, e fu allora che qualcuno vide Novak e il resto del gruppo. Furono invitati tutti a gran voce a salire sul palco dove qualcuno finalmente provvide a spiegare loro la genesi di quella baldoria.

Novak aveva appena detto a Guglielmo: «Gli elicotteri!».

«Cosa?»

«Non volano elicotteri di salvataggio; forse non sta morendo nessuno… Guglielmo forse ce l'abbiam…»

Venne trascinato a viva forza sul palcoscenico dove fu fatto accomodare assieme agli altri del gruppo.

Un cittadino giovane e sveglio prese la parola con l'evidente scopo di aggiornarli su quanto era accaduto fino a quel momento.

Parlava lentamente per trovare le parole giuste, comunque riuscì a dire: «Cittadini, dopo essere stati alla Città di Sotto, siamo tornati a casa contenti, con il desiderio di tornare laggiù. È successo anche a voi?».

«Sì!» Boato.

«Ecco. Poi gli elicotterini non volavano più, per dodici ore il cielo è stato silenzioso. Ecco. Nessuno moriva più: questo significava. Poi siamo tornati tutti in piazza, volevamo tornare laggiù, ma sono arrivati loro che volevano fermarci, solo che eravamo troppi e allora noi li abbiamo fermati, li abbiamo costretti ad ascoltare la storia degli arcani. Ecco. E poi il cittadino Joshua ha avuto l'idea di proiettare le immagini delle carte trovate sul suo decoder; volevamo fare anche noi come la gente del Duemila. Intanto sono passate più di ventiquattr'ore e non è morto più nessuno. Siamo salvi e desideriamo vivere diversamente!»

Boato. Salì allora sul palco un altro cittadino, il responsabile capo della polizia locale, così raccontavano i suoi stemmi sulla tuta.

«Noi, nella precedente notte insonne, abbiamo votato, come facevano i nostri bisnonni, solo che il nostro è stato un voto elettronico. Il risultato della votazione è il seguente: i cittadini della Città di Sopra hanno scelto come loro primo cittadino il dignitario Novak e sarà lui che guiderà il nostro cambiamento, e guai a chi si opporrà alla nostra libera determinazione!»

Grande boato.

In pochi giorni, alla Città di Sopra, cambiarono molte cose.

Novak divenne Primo Cittadino e per prima cosa fondò fabbriche di abiti che tutti poterono acquistare in quanto dipendenti salariati del complesso apparato tecno-industriale che non era stato smantellato.

Dai vestiti al cibo fu tutto un ribonificare, rifondare.
Per esempio, la coltivazione dei campi fu inaugurata dal maestro Guglielmo che gettò nei terreni incolti il primo seme della nuova vita, in una cerimonia intitolata: "Dal seme al chicco, dalla preistoria al Tremila".
E poi la scuola, le biblioteche, i maestri: fu un pullulare di idee, di vecchio e nuovo continuamente mescolati e rimescolati, fino a trovare le giuste dosi. Ci volle un po', ma ora erano di nuovo padroni del loro tempo e potevano utilizzarlo per desiderare e creare.
E poi il Leader, il Sistema Perfetto, furono cacciati da ogni dove e delegazioni di altri Paesi venivano spesso in visita per studiare il modello organizzativo che si era dato la Città di Sopra.
La Città di Sotto divenne un sito archeologico suggestivo, custodito da Ilai e Mary Jane che, in capo a cinque anni, divennero insegnanti e guide del sito archeologico più visitato di tutti i tempi.
Guglielmo morì alla veneranda età di cento anni. Fu seppellito alla Città di Sotto dove si era "addormentato" mentre pensava a Vanessa e a come le sarebbe piaciuto sedere su quell'antica sedia, dietro a quell'antichissima cattedra, proprio dove stava lui in quel momento; come le sarebbe piaciuto, pensava Guglielmo, raccontare ai bambini la storia, i segni che incide passando perché i viandanti che si sarebbero trovati a ricalcare le sue orme non brancolino nel buio ma continuino ad avanzare verso la luce.
Ilai e Mary Jane scrissero un breve necrologio per il maestro, la cui perdita li aveva addolorati moltissimo.

"Dormi, Maestro Guglielmo?
No, per favore, rimani sveglio ancora un po', solo il tempo di queste nostre vite, perché non le vogliamo vivere senza di te.
Ilai.
Mary Jane."

www.ingramcontent.com/pod-product-compliance
Lightning Source LLC
LaVergne TN
LVHW080039170826
845677LV00025B/1470

* 9 7 8 8 8 9 3 4 3 1 3 6 1 *